छुआ आसमान

आत्मकथ

छुआ आसमान

आत्मकथा

ए.पी.जे. अब्दुल कलाम

लेखन सहयोग: अरुण तिवारी

सरलीकरण एवं संक्षिप्तिकरण: **मुकुल चौधरी**

अनुवादक : सुरेश स्वप्निल

MANJUL

मंजुल पब्लिशिंग हाउस

MANJUL

मंजुल पब्लिशिंग हाउस

कॉरपोरेट एवं संपादकीय कार्यालय

• द्वितीय तल, उषा *प्रीत कॉम्प्लेक्स,* 42 *मालवीय नगर, भोपाल*–462 003

विक्रय एवं विपणन कार्यालय

• सी-16, सेक्टर 3, नोएडा, उत्तर प्रदेश - 201301, इंडिया

वेबसाइट : www.manjulindia.com

वितरण केन्द्र

अहमदाबाद, बेंगलुरू, भोपाल, कोलकाता, चेन्नई,
हैदराबाद, मुम्बई, नई दिल्ली, पुणे

ए.पी.जे. अब्दुल कलाम के साथ अरुण तिवारी द्वारा लिखित मूल अंग्रेजी पुस्तक
विंग्स ऑफ़ फायर : एन ऑटोबायोग्राफ़ी (सक्षिप्त संस्करण) का हिन्दी अनुवाद

Wings of Fire - An Autobiography (Abridged Edition) - Hindi Edition

यूनिवर्सिटीज़ प्रेस (इंडिया) लिमिटेड के सहयोग से
2004 में पहली बार प्रकाशित

यह हिन्दी संस्करण 2009 में पहली बार प्रकाशित
10वीं आवृत्ति 2022

ISBN 978-81-8322-146-7

हिन्दी अनुवाद : सुरेश स्वप्निल

मुद्रण व जिल्दसाज़ी : न्युटेक प्रिंट सर्विसेस

लेखक के बारे में

ए.पी.जे. अब्दुल कलाम का जन्म 1931 में, रामेश्वरम्, तमिलनाडु में नौका–मालिकों के एक अल्प–शिक्षित परिवार में हुआ। एक वैज्ञानिक के रूप में भारत में उन्हें एक अद्वितीय कैरियर मिला, जिसकी परिणति भारत के सर्वोच्च नागरिक पुरस्कार भारत–रत्न के रूप में हुई।

भारत के प्रथम उपग्रह प्रक्षेपण यान एस.एल.वी.–3 के प्रक्षेपण में अभियान–निदेशक के रूप में तथा बाद में, देश के रक्षा–अनुसंधान एवं विकास कार्यक्रम के प्रमुख के रूप में उन्होंने भारत के अनुसंधान–संसाधनों की क्षमता को गतिशीलता एवं नवोन्मेष हेतु प्रयोग किया। यह कहानी जितनी डॉ. कलाम के अपने गुमनामी से उत्थान एवं उनके व्यक्तिगत एवं व्यावसायिक संघर्षों की है, उतनी ही स्वतंत्र भारत के रक्षा टेक्नोलॉजी में आत्म–निर्भरता के संघर्ष की गाथा भी है।

डॉ. कलाम ने भारत के ग्यारहवें राष्ट्रपति के रूप में 25 जुलाई, 2002 को शपथ ग्रहण की और 24 जुलाई, 2007 को वे इस पद से निवृत्त हुए।

पुस्तक के बारे में

जब मैंने सबसे पहले अपनी यादों को इस पुस्तक में प्रवाहित होने दिया, तो मैं अनिश्चित था कि कौन सी यादें बाँटने लायक़ हैं। मेरा बचपन मेरे लिए क़ीमती है, लेकिन क्या किसी और को भी इसे जानकर कोई ख़ुशी होगी?

मैं सोचता था कि क्या एक छोटे-गाँव के लड़के की कोशिशों और जीत की कहानी पाठक जानना चाहेंगे? मेरे छात्र-जीवन की कठिन परिस्थितियाँ और छोटी-मोटी नौकरियाँ जो मुझे स्कूल की फ़ीस चुकाने के लिए करनी पड़ीं? कॉलेज छात्र के रूप में पैसों के अभाव के कारण किस प्रकार मुझे शाकाहारी बनने का निर्णय लेना पड़ा? इंडियन एयर फ़ोर्स में पायलेट बनने का मेरा सपना कैसे टूटा? या कैसे मैं अपने पिता का ख़्वाब, जो कि मुझे शासकीय नौकरी में देखना चाहते थे, पूरा करने के बजाय रॉकेट इंजीनियर बना? मैं आश्चर्यचकित था कि एक आम पाठक को इन सबमें रुचि क्यों होगी।

आख़िरकार, मैं सहमत हो गया कि मेरी कहानी प्रासंगिक है, सिर्फ़ इसलिए कि यह एक व्यक्ति की नियती की कहानी है, जो कि पारंपरिक सामाजिक ढाँचे से अलग नहीं देखी जा सकती। मैंने निर्णय लिया उन शख़्सियतों का वर्णन करने का जिन्होंने मेरी ज़िंदगी को प्रभावित किया। इस पुस्तक के माध्यम से मैं अपने माता-पिता, क़रीबी परिवार वालों और अपने शिक्षकों व सलाहकारों को धन्यवाद देना चाहता हूँ, जिन्हें मैं अपने युवा एवं कार्य जीवन में पाकर ख़ुशक़िस्मत रहा।

यह कहानी सिर्फ़ मेरी जीत, ख़ुशी और ग़मों का बहीखाता नहीं है। ये आधुनिक भारत की ख़ुद को तकनीकी एवं वैज्ञानिक रणक्षेत्र में उन्नत करने में मिली कामयाबियों और मुश्किलों की कहानी भी है। यह आदरांजलि है मेरे युवा साथियों की क्षमताओं और उत्साह के लिए, जिन्होंने हमारे सपनों को साकार करने में मदद की। भारत की वैज्ञानिक आत्मनिर्भरता और तकनीकी योग्यता की गाथा हमारे समय की एक नीतिकथा है।

जन्मजात हमारे भीतर एक पवित्र अग्नि होती है। हमारी कोशिश इस अग्नि को पंख लगाने की होनी चाहिए।

आपको ईश्वर का आशीष।

ए.पी.जे. अब्दुल कलाम

विषय-सूची

1. मज़बूत नींव

मेरा जन्म एक मध्यमवर्गीय तमिल परिवार में, द्वीप-नगर रामेश्वरम् में हुआ। यह 1931 का वर्ष था और रामेश्वरम् ब्रिटिश भारत में मद्रास (चेन्नई) राज्य का एक भाग था। मैं कई बच्चों में से एक था, ऊँचे-पूरे एवं सुंदर माता-पिता का छोटे क़द और अपेक्षतया साधारण चेहरे-मोहरे वाला लड़का।

मेरे पिता जैनुलआबदीन न तो बहुत उच्च-शिक्षित थे और न ही धनी, लेकिन ये कोई बड़ी कमियाँ नहीं थीं, क्योंकि वे बुद्धिमान और वास्तव में एक उदार मन वाले व्यक्ति थे। मेरी माँ आशियम्मा, एक विशिष्ट परिवार से थीं- उनके पूर्वजों में से एक को अँग्रज़ों ने 'बहादुर' की उपाधि प्रदान की थी। वे भी पिता की ही तरह उदारमना थीं- मुझे याद नहीं कि वे रोज़ कितने लोगों को खाना खिलाती थीं, लेकिन यह मैं पक्के तौर पर कह सकता हूँ कि हमारे भरे-पूरे परिवार में कुल मिलाकर जितने सदस्य थे, उनसे कहीं अधिक बाहरी लोग हमारे साथ भोजन करते थे! मेरे माता-पिता को समाज में एक आदर्श दंपति के रूप में सम्मान दिया जाता था। मेरा बचपन भौतिक और भावनात्मक रूप से भी, अत्यंत सुरक्षित था। मेरे पिता अपने सादगीपूर्ण सिद्धांतों के अनुरूप, सीधा-सादा जीवन जीते थे। उनका दिन सुबह की नमाज़ से शुरू होता था, जो वे सूर्योदय से पहले ही अता करते थे। वे ऐश-ओ-आराम की उन चीज़ों से दूर रहते थे, जो उनकी नज़र में ग़ैर-ज़रूरी थीं। भोजन, दवाएँ और कपड़े जैसी जीवन की ज़रूरी चीज़ों की कमी नहीं थी। मैं आम तौर पर माँ के साथ रसोईघर के फ़र्श पर बैठकर खाना खाता था। वे मेरे सामने एक केले का पत्ता बिछा देती थीं, जिस पर चावल और मुँह में पानी ला देने वाला गर्मागर्म साँभर, घर में बने हुए अचार और चम्मच-भर ताज़ा नारियल की चटनी परोस देती थीं।

हम अपने पुश्तैनी घर में रहते थे, जो उन्नीसवीं सदी के मध्य में, चूना-पत्थर और ईंटों से बना था। यह मकान काफ़ी बड़ा था और रामेश्वरम् में मस्जिद वाली गली में स्थित था। प्रसिद्ध शिव मंदिर, जिसके कारण रामेश्वरम् एक पवित्र तीर्थ-स्थल बना, हमारे घर से लगभग दस मिनट की पैदल-दूरी पर था। हमारा मुहल्ला मुस्लिम-बहुल था और इसका मस्जिद वाली गली नाम, यहाँ की एक

बहुत पुरानी मस्जिद पर रखा गया था। मुहल्ले में दोनों धर्मों के पूजा-स्थल अग़ल-बग़ल होने की वजह से हिंदू-मुस्लिम बड़े प्यार से, पड़ोसियों की तरह मिल-जुलकर रहते थे।

मंदिर के बड़े पुजारी पक्षि लक्ष्मण शास्त्री मेरे पिताजी के घनिष्ठ मित्र थे। अपने शुरुआती बचपन की सबसे ताज़ा याद मुझे इन दोनों की है। दोनों अपने पारंपरिक पहनावे में आध्यात्मिक चर्चाएँ करते रहते थे। दोनों की सोच में समानता उनके भजन-पूजन के रीति-रिवाज की भिन्नता से कहीं ऊपर थी।

बचपन में, मेरे पिता मुझे अपने साथ शाम की नमाज़ के लिए मस्जिद ले जाते थे। ज़रा भी भाव और अर्थ जाने बग़ैर मैं अरबी में अता की जाने वाली नमाज़ सुनता रहता था। लेकिन मैं इतना समझता था कि ये नमाज़ें ईश्वर तक पहुँचती हैं। जब मैं सवाल करने लायक़ हुआ, तो मैंने पिताजी से नमाज़ के बारे में और ख़ुदा से संवाद बनाने में इसकी प्रासंगिकता के बारे में पूछा। उन्होंने मुझे समझाया कि नमाज़ में रहस्य और पेचीदगी जैसा कुछ भी नहीं है।

'जब तुम नमाज़ पढ़ते हो', उन्होंने कहा- 'तुम शरीर और उसके सांसारिक जुड़ाव से परे पहुँच जाते हो। तुम उस ब्रह्माण्ड का एक हिस्सा बन जाते हो, जहाँ धन-दौलत, उम्र, जाति और नस्ल लोगों में फ़र्क़ करने के पैमाने नहीं होते।'

अक्सर, नमाज़ के बाद जब मेरे पिता मस्जिद से निकलते, तो विभिन्न धर्मों के लोग उनके इंतज़ार में बाहर बैठे मिलते थे। उनमें से कई लोग पानी के कटोरे उनके आगे कर देते कि वे अपनी उँगलियाँ उनमें डालकर दुआ पढ़ दें। इसके बाद यह पानी घर ले जाकर मरीज़ों को दिया जाता। मुझे यह भी याद है कि फिर लोग मरीज़ के स्वस्थ होने के बाद शुक्रिया अदा करने के लिए हमारे घर आते थे, लेकिन वे अपने सहज अंदाज़ में अल्लाह का शुक्रिया करने को कहते, जो सबका भला करने वाला और दयालु है।

वे जटिल आध्यात्मिक बातों को भी इतनी सरल भाषा में समझाते थे कि मेरे जैसा छोटा बच्चा भी उन्हें समझ सकता था। एक बार उन्होंने मुझे बताया कि हर एक इंसान अपने ख़ुद के वक़्त, जगह और हालत में- वह अच्छी हो या बुरी- दैवी शक्ति का हिस्सा बन जाता है, जिसे हम ख़ुदा कहते हैं। दुख-तकलीफ़ें हमें सबक़ देने और अति-आनंद तथा अहंकार की स्थिति से बाहर निकालने के लिए झटका देने आती हैं।

मैंने पिताजी से पूछा, 'आप ये सब बातें उन लोगों को क्यों नहीं बताते, जो आपके पास मदद और सलाह माँगने आते हैं?' कुछ क्षण वे चुप रहे, जैसे यह जाँच रहे हों कि मैं किस हद तक उनकी बात समझने में सक्षम हूँ। जब उन्होंने उत्तर दिया, तो वह बड़े धीमे और शांत स्वर में था और उनके शब्दों से मैंने ख़ुद को ग़ज़ब की शक्ति से भरा महसूस किया।

उन्होंने कहा कि इंसान जब कभी भी अपने-आप को एकदम अकेला या हताश पाता है, तो उसे किसी तरह की मदद और दिलासे के लिए एक साथी की ज़रूरत होती है। हर एक दुःख या इच्छा, दर्द या उम्मीद एक ख़ास मददगार पा ही लेते हैं। मेरे पिता ख़ुद को केवल एक ऐसा मददगार, एक ऐसा मध्यस्थ मानते थे, जो नमाज़, इबादत या मन्नतों की ताक़त का इस्तेमाल शैतान, आत्मनाशी ताक़तों को हराने के लिए करता है। लेकिन वे मानते थे कि दिक़्क़तें सुलझाने का यह तरीक़ा ग़लत है, क्योंकि इस तरह की प्रार्थना डर से पैदा होती है। उनका मानना था कि व्यक्ति का प्रारब्ध ख़ुद के वास्तविक ज्ञान से उपजी दृष्टि होना चाहिए। डर अक्सर व्यक्ति की उम्मीदों को पूरा होने से रोक देता है। उन्हें सुनने के बाद मैंने महसूस किया कि वाक़ई मैं क़िस्मत वाला इंसान हूँ, जिसे उन्होंने यह सब समझाया।

मैं अपने पिता के दर्शन से बेहद प्रभावित था। आज मैं यक़ीन करता हूँ और जब बच्चा था, तब भी करता था कि जब कोई व्यक्ति उन भावनात्मक रिश्तों से मुक्त हो जाता है, जो उसकी राह रोकते हैं, तो उसकी स्वतंत्रता की राहें सिर्फ़ एक छोटे से क़दम की दूरी पर रह जाती हैं। दिमाग़ी शांति और ख़ुशी हमें ख़ुद के भीतर से ही मिलती है, न कि किसी बाहरी तरीक़े से। जब एक इंसान इस सच को समझ जाता है, तो उसके लिए असफलताएँ और बाधाएँ अस्थायी बन जाती हैं।

मैं बहुत छोटा था- सिर्फ़ छह साल का- जब मैंने पिताजी को अपना फ़लसफ़ा ज़िंदगी में उतारते देखा। उन्होंने तीर्थ-यात्रियों को रामेश्वरम् से धनुषकोडि ले जाने और वापस लाने के लिए एक नाव बनाने का फ़ैसला किया। मैंने लकड़ी की इस नाव को समुद्र तट पर आकार लेते देखा। लकड़ी को आग पर तपाकर नाव का पेंदा और बाहरी दीवारें बनाने के लिए तैयार किया गया था। नाव को आकार लेते देखना वाक़ई बड़ा सम्मोहक था।

जब नाव बनकर तैयार हुई, तो पिताजी ने बड़ी ख़ुशी-ख़ुशी धंधा शुरू

किया। कुछ समय बाद रामेश्वरम् तट पर एक भयंकर चक्रवात आया। तूफ़ानी हवाओं में हमारी नाव टूट गई। पिताजी ने अपना नुक़सान चुपचाप बर्दाश्त कर लिया– हक़ीक़त में वे तूफ़ान के कारण घटित एक बड़ी त्रासदी को लेकर ज़्यादा परेशान थे। क्योंकि, चक्रवाती तूफ़ान में पामबान पुल उस वक़्त ढह गया था, जब यात्रियों से भरी एक रेलगाड़ी उसके ऊपर से गुज़र रही थी।

मैंने अपने पिताजी के नज़रिए और असली तबाही, दोनों से काफ़ी कुछ सीखा। तब तक मैंने समुद्र की सिर्फ़ सुंदरता ही देखी थी। अब इसकी ताक़त और अनियंत्रित ऊर्जा भी प्रकट हो गई।

2. शुरुआती असर

हमारे एक रिश्तेदार अहमद जलालुद्दीन ने नाव बनाते वक़्त पिताजी की काफ़ी मदद की थी। बाद में, उन्होंने मेरी बहन ज़ोहरा से निकाह कर लिया। नाव बनने और उसके समुद्र में चलने के दौरान ज़्यादातर समय साथ-साथ रहने से मैं और जलालुद्दीन उम्र के बड़े फ़ासले के बावजूद अच्छे दोस्त बन गए थे। वे मुझसे पंद्रह साल बड़े थे और मुझे आज़ाद कहते थे।

हर शाम हम दोनों साथ-साथ दूर तक घूमने निकल जाते थे। आमतौर पर हम आध्यात्मिक मुद्दों पर बात करते थे। इस विषय में संभवतः रामेश्वरम् के महौल ने हमारी रुचि बढ़ाई थी, जहाँ रोज़ाना असंख्य तीर्थ-यात्री इबादत करने आते हैं। हमारी पहली नज़र अक्सर विशाल, भव्य शिव मंदिर पर पड़ती थी। हम उतनी श्रद्धा से ही मंदिर की परिक्रमा करते थे, जितनी कि दूर-दराज़ जगहों से आने वाले यात्री करते थे।

मुझे लगता था कि जलालुद्दीन ख़ुदा से सीधे संवाद करने में समर्थ थे, तक़रीबन इस तरह, जैसे वे दोनों साथ-साथ काम करने वाले जोड़ीदार हों। वे ख़ुदा से अपनी तमाम शंकाओं के बारे में ऐसे बात करते थे, जैसे कि वे ठीक उनके बाज़ू में खड़े हों और सुन रहे हों। मैंने संवाद का यह तरीक़ा अद्भुत पाया। मैं समुद्र में डुबकी लगाकर अपनी प्राचीन प्रार्थनाएँ उच्चारित करते और पारंपरिक

संस्कार पूरे करते तीर्थ-यात्रियों को भी ग़ौर से देखा करता था। एक अज्ञात और अदृश्य शक्ति के प्रति सम्मान का भाव- उनमें और जलालुद्दीन में, साफ़ दिखाई देता था।

जलालुद्दीन स्कूली शिक्षा से आगे नहीं पढ़ पाए थे, क्योंकि उनका परिवार शिक्षा का ख़र्च उठाने में असमर्थ था। शायद यही कारण था कि वे हमेशा मुझे पढ़ाई में अच्छा प्रदर्शन करने के लिए प्रोत्साहित करते रहते थे और मेरी सफलताओं से बेहद ख़ुशी महसूस करते थे। प्रसंगवश, उस ज़माने में पूरे टापू में जलालुद्दीन अकेले आदमी थे, जो अँग्रेज़ी में लिख सकते थे। वे हर उस व्यक्ति के लिए पत्र लिखते थे, जिसे ज़रूरत होती थी- अर्ज़ी, कामकाजी या निजी ख़त। आसपास के इलाक़े में बहुत कम लोग ही थे, जो हमारे छोटे से क़स्बे से बाहर की दुनिया की जानकारी या ज्ञान में उनकी बराबरी पर आते हों।

ज़िंदगी के उस पड़ाव पर जलालुद्दीन ने मुझ पर गहरा असर डाला। वे मुझसे तमाम विषयों पर बात करते थे- वैज्ञानिक खोजें, समकालीन लेखन और साहित्य, यहाँ तक कि चिकित्सा विज्ञान और उसकी नई उपलब्धियों के बारे में भी। वे ही थे, जिन्होंने अपने सीमित संसार से बाहर की दुनिया की ओर देख पाने में मेरी सबसे ज़्यादा मदद की।

उस वक़्त मेरे जीवन का एक दूसरा पहलू था अध्ययन से बढ़ता लगाव, यानी वह आदत, जो ताउम्र मेरे साथ बनी रही है। हमारे जैसी घरेलू जीवन शैली में किताबें दुर्लभ थीं और मुश्किल से ही मिल पाती थीं- सिवाय एस.टी.आर. मानिकम के विशाल निजी पुस्तकालय के। मानिकम एक उग्र राष्ट्रवादी थे, जो अहिंसा के गाँधीवादी तरीक़े से इतर साधनों से आज़ादी की लड़ाई लड़ना चाहते थे। मैं अक्सर किताबें उधार लेने के लिए उनके घर जाया करता था। वे मुझे और अधिक पढ़ने के लिए प्रोत्साहित करते थे। एक और शख़्स भी थे, जिन्होंने मेरे बचपन को गढ़ने में सहायता की- मेरे चचेरे भाई, शम्सुद्दीन। उस वक़्त रामेश्वरम् में वे अकेले अख़बार वितरक थे। पामबान से सुबह आने वाली ट्रेन रामेश्वरम् के पाठकों के लिए तमिल अख़बार लेकर आती थी। उन दिनों अख़बार आज़ादी की लड़ाई के ताज़ा-तरीन हालात की जानकारी से पटे पड़े रहते थे, जिनमें ज़्यादातर पाठक गहरी रुचि लेते थे।

व्यापक वैश्विक दृष्टिकोण रखने वाले लोग एडॉल्फ़ हिटलर, महात्मा गाँधी और मोहम्मद अली जिन्ना के बारे में बहस करते थे। ज़्यादातर लोग

पेरियार ई. वी. रामास्वामी द्वारा ऊँची जाति के हिन्दुओं के ख़िलाफ़ शुरू किए गए राजनीतिक आंदोलन के बारे में रुचि रखते थे या उससे जुड़े हुए थे। उस ज़माने में 'दिनमणि' सबसे ज़्यादा लोकप्रिय अख़बार था। निश्चय ही उस समय मैं छपी सामग्री को समझ पाने लायक़ नहीं था, लिहाज़ा शम्सुद्दीन के अख़बार बाँटने से पहले मुझे सरसरी नज़र से अख़बार में छपी तस्वीरें देखकर ही संतुष्ट होना पड़ता था।

सन् 1939 में जब दूसरा विश्व-युद्ध शुरू हुआ, उस समय मैं आठ साल का था। जलालुद्दीन मुझे लड़ाई की प्रमुख घटनाओं के बारे में बताते थे। बाद में मैं उन्हें अख़बार की हेडलाइनों में देखने-दोहराने की कोशिश करता था। इस युद्ध ने, जिसने न जाने कितने लाख इंसानों की बलि ले ली, मेरे ऊपर भी असर डाला, हालाँकि प्रत्यक्ष रूप से नहीं, कुछ अलग तरह से। शुरुआत में इसने मुझे अपनी पहली कमाई का मौक़ा दिया। किसी कारणवश, युद्ध के दौरान बाज़ार में इमली के बीजों की माँग बढ़ गई। मैं इन बीजों को इकट्ठा करता और घर के पास ही परचून की एक दुकान पर बेच देता था। एक दिन में मैं जितने बीज इकट्ठे करता, उनसे मुझे उस समय के हिसाब से एक आने की शानदार कमाई हो जाती थी।

लेकिन बात सिर्फ़ इतनी ही नहीं थी। शुरुआत में देश के सुदूर दक्षिणी भाग में स्थित रामेश्वरम् युद्ध से पूरी तरह अप्रभावित रहा। लेकिन जल्दी ही भारत को युद्ध में ब्रिटेन का साथ देना पड़ा और युद्धकालीन उपाय एवं आर्थिक प्रतिबंध लागू कर दिए गए। नतीजतन रामेश्वरम् स्टेशन पर ट्रेन का रुकना अस्थायी रूप से बंद कर दिया गया। अब अख़बारों के बंडल रामेश्वरम् और धनुषकोडि को जोड़ने वाली सड़क पर चलती ट्रेन से गिरा दिए जाते थे। शम्सुद्दीन को एक मददगार की ज़रूरत पड़ने लगी और उन्होंने बंडलों को उठाने-लाने में अपनी मदद के लिए मुझे चुना।

आज आधी सदी से भी ज़्यादा अरसे के बाद, मैं अभी भी वह रोमांच और गर्व महसूस कर सकता हूँ, जो मुझे अपनी कमाई हुई पहली तनख़्वाह हासिल करते वक़्त हुआ था।

* * *

यह एक सर्व-विदित तथ्य है कि व्यक्ति को गढ़ने में संस्कार और माहौल, दोनों

ही महत्वपूर्ण भूमिका अदा करते हैं। मेरे माता-पिता ने मुझे बहुत कुछ दिया, जिस तरह उन्होंने मेरे तीनों भाइयों और बहन को दिया। हमने उनकी ईमानदारी, आत्म-अनुशासन, दयालुता और भलाई में गहरी आस्था से अपने संस्कार हासिल किए। मुझे जलालुद्दीन और शम्सुद्दीन की सोहबत का भी लाभ मिला, जिनकी बुद्धिमत्ता शिक्षा से कहीं ज़्यादा उनकी सहज-बुद्धि पर आधारित थी। मुझे यह कहने में कोई हिचक नहीं है कि मैं जीवन में आगे चलकर जो कुछ भी सृजनात्मकता दिखा पाया, वह मेरे बचपन में इन दोनों की मौजूदगी से प्रेरित थी।

बचपन में मेरे तीन अन्य गहरे दोस्त थे- रामनाथ शास्त्री, अरविंदन और शिवप्रकाशन। वे मेरे हमउम्र ही थे और तीनों पुराणपंथी हिन्दू ब्राह्मण परिवारों से थे। वास्तव में रामनाथ शास्त्री रामेश्वरम् मंदिर के बड़े पुजारी पक्षि लक्ष्मण शास्त्री के बेटे थे। आगे चलकर उन्होंने अपने पिता से रामेश्वर मंदिर के पुजारी की गद्दी प्राप्त की। अरविंदन तीर्थ-यात्रियों को लाने-ले जाने के कारोबार में लग गए और शिवप्रकाशन दक्षिण रेलवे में खानपान के ठेकेदार बन गए।

महाकाव्य रामायण में रामेश्वरम् वह स्थान है, जहाँ से राम ने दुष्टराज रावण पर आक्रमण की शुरुआत की। रामायण के इस उल्लेख ने रामेश्वरम् को हिन्दू धार्मिक मानचित्र पर स्थापित कर दिया। राम की इस विजय यात्रा की याद में यहाँ प्रतिवर्ष आयोजित होने वाले 'श्री सीताराम कल्याणम्' समारोह में हमारा परिवार मूर्तियों को मंदिर से राम-तीर्थ तालाब के बीचो-बीच स्थित विवाह-स्थल तक ले जाने-लाने के लिए नौकाओं का इंतज़ाम करता था। मेरी माँ और दादी हम बच्चों को सुलाते समय जो कहानियाँ सुनाती थीं, उनमें स्वाभाविक रूप से रामायण के ऐसे ही प्रसंग और पैग़म्बर हज़रत मोहम्मद के जीवन के क़िस्से होते थे। हम दोनों धर्म और संस्कृतियों के मूल्य अपने भीतर आत्मसात् करते बड़े हुए।

हालाँकि, रामेश्वरम् का छोटा-सा समाज बेहद बँटा हुआ था और विभिन्न सामाजिक समूहों को अलग-अलग रखने को लेकर काफ़ी कठोर था। जब मैं पाँचवीं जमात में था, तो हमारे 'रामेश्वरम् एलिमेन्टरी स्कूल' में एक नए शिक्षक आए। उन दिनों मैं टोपी पहना करता था, जो मेरे मुस्लिम होने की निशानी थी। मैं हमेशा सामने की क़तार में रामनाथ शास्त्री के साथ बैठता था, जो जनेऊ पहनता था। नए शिक्षक यह बर्दाश्त नहीं कर पाए कि हिन्दू पुजारी का बेटा किसी मुस्लिम लड़के के साथ बैठे। मुझे कक्षा की सबसे पिछली क़तार में बैठने को

कहा गया। शिक्षक की यह बात मेरे साथ रामनाथ शास्त्री को भी बहुत बुरी लगी।

स्कूल की छुट्टी के बाद हमने अपने-अपने माता-पिता को इस घटना के बारे में बताया। लक्ष्मण शास्त्री ने शिक्षक को बुलवाया और हमारी मौजूदगी में ही साफ़ शब्दों में उन्हें चेता दिया, 'तुम्हें अबोध, निर्मल बच्चों के दिमाग़ में इस तरह सामाजिक असमानता और साम्प्रदायिक असहिष्णुता का ज़हर क़तई नहीं घोलना चाहिए।' लक्ष्मण शास्त्री ने उस शिक्षक से साफ़-साफ़ कहा कि या तो वह माफ़ी माँगे या स्कूल छोड़कर चला जाए। उस शिक्षक ने अपने व्यवहार पर न केवल माफ़ी माँगी, बल्कि लक्ष्मण शास्त्री के कड़े रुख़ एवं धर्म-निरपेक्षता में उनके विश्वास से उस नौजवान शिक्षक में आख़िरकार बदलाव आ गया।

लक्ष्मण शास्त्री की ही तरह, मेरे विज्ञान-शिक्षक शिवसुब्रह्मण्य अय्यर भी एक खुले सामाजिक नज़रिए वाले व्यक्ति थे। एक कट्टर ब्राह्मण की तरह उनका पालन-पोषण हुआ, लेकिन वे अंतर्मन से विद्रोही स्वभाव के थे। वे अक्सर मुझसे कहा करते थे, 'कलाम तुम अपनी योग्यता-क्षमता को इस तरह बढ़ाओ कि महानगरों के उच्च-शिक्षित लोगों के साथ मुक़ाबला कर सको।'

एक दिन उन्होंने मुझे अपने घर खाने पर बुलाया। उनकी पत्नी, जो कि एक बेहद पुराने विचारों वाली महिला थीं, इस बात से डर गईं कि उनकी पवित्र रसोई में एक मुस्लिम लड़के को खाने पर बुलाया गया है। उन्होंने मुझे खाना परोसने से इंकार कर दिया। शिवसुब्रह्मण्य अय्यर ने ख़ुद अपने हाथों से मुझे खाना परोसा और मेरे बग़ल में ही खाना खाने बैठ गए, जबकि उनकी पत्नी रसोई के दरवाज़े के पीछे से हमें झाँककर देखती रहीं। मुझे अचरज हो रहा था कि क्या उन्हें मेरे चावल खाने, पानी पीने या खाना खा चुकने के बाद फ़र्श साफ़ करने के तरीक़े में और ऊँची जाति के हिन्दुओं, जिन्हें उनकी रसोई में जाने की इजाज़त थी, के तरीक़े में कोई फ़र्क़ दिख रहा था।

जब मैं उनके घर से निकलने लगा, शिवसुब्रह्मण्य अय्यर ने मुझे अगले सप्ताहांत फिर साथ खाने का निमंत्रण दिया। मैं हिचकिचा रहा था, लेकिन जब मैं अगले हफ़्ते उनके घर पहुँचा, तो शिवसुब्रह्मण्य अय्यर की धर्मपत्नी ख़ुद मुझे अपनी रसोई के भीतर ले गईं और उन्होंने अपने हाथों से मुझे खाना परोसा।

* * *

शुरुआती असर

इसी वक़्त के आसपास, जर्मनी और जापान ने मित्र राष्ट्रों की सेनाओं की ताक़त के सामने घुटने टेक दिए और दूसरा विश्वयुद्ध ख़त्म हो गया। भारतीयों की ब्रिटिश-राज से आज़ादी साफ़ नज़दीक दिखाई पड़ती थी। महात्मा गाँधी ने जयघोष किया कि 'हिन्दुस्तानी स्वयं अपने भारत का निर्माण करेंगे'। सारा देश आशावाद से भरा हुआ था, जो पहले कभी भी देखा-सुना नहीं गया था। इस आशावाद का असर मुझ पर भी पड़ा और मैंने पिताजी से आगे की पढ़ाई बड़े क़स्बे रामनाथपुरम् में जाकर करने की इजाज़त माँगी।

पिताजी ने फ़रमाया, 'अब्दुल! दूर जाना बड़े होने का ही एक हिस्सा है। हमारा प्यार तुम्हें बाँधेगा नहीं और न ही हमारी ज़रूरतें तुम्हें रोकेंगी।'

शम्सुद्दीन और जलालुद्दीन श्वार्ट्ज़ हाई स्कूल में मेरे दाख़िले और वहाँ मेरे रहने का बंदोबस्त करने मेरे साथ रामनाथपुरम् गए।

नए माहौल को मैं शुरू में स्वीकार नहीं कर पाया। रामनाथपुरम् पचास हज़ार की आबादी वाला फलता-फूलता शहर था, लेकिन यहाँ रामेश्वरम् जैसी सामाजिक समरसता नहीं थी। मुझे घर की याद आती थी और रामेश्वरम् जाने का हर मौक़ा हथिया लेता, क्योंकि रामनाथपुरम् में शिक्षा के अच्छे अवसरों की कशिश इतनी ताक़तवर भी नहीं थी कि दक्षिण भारतीय मिठाई 'पोली' के आकर्षण को मिटा पाती, जो मेरी माँ अक्सर बनाती थीं।

घर की याद के इन बार-बार पड़ने वाले दौरों के बावजूद, मैं नए माहौल में दिल लगाने के लिए प्रतिबद्ध था, क्योंकि मैं जानता था कि पिताजी मेरी सफलता की बड़ी उम्मीदें पाले हुए थे। वे मुझे एक भावी कलेक्टर के रूप में देखते थे और मैं सोचता था कि उनके सपने को पूरा करना ही मेरा फ़र्ज़ है। जलालुद्दीन ने एक बार मुझे सकारात्मक सोच की शक्ति के बारे में बताया था और जब कभी मैं उदासी महसूस करता था, तो अक्सर उनके शब्दों को मन ही मन याद कर लेता और उनके कहे अनुसार करने का भरसक प्रयास करता। उन्होंने कहा था कि मुझे अपने विचारों को नियंत्रित करने और उनके ज़रिए अपना भाग्य प्रबल करने की कोशिश करनी चाहिए। विडंबना यह कि भाग्य ने मुझे वापस रामेश्वरम् लौटने नहीं दिया, बल्कि इसके बजाए अपने बचपन के घर से कहीं दूर बहा ले गया।

3. शिक्षा मज़बूत नींव की आधारशिला

मुझे श्वार्ट्ज़ स्कूल में मन लगाने में कुछ वक़्त लगा, लेकिन वहाँ रम जाने के बाद मैं फिर वही पंद्रह साल का उत्साही छात्र हो गया। मैं भी यह समझने लगा था कि सीखने की इच्छा होना बहुत महत्वपूर्ण है। वहाँ मेरे शिक्षकों में से एक अय्यादुरै सोलोमन विद्यार्थियों के लिए एक आदर्श रहनुमा थे। वे ख़ुशमिज़ाज और खुले दिमाग़ वाले इंसान थे और कक्षा में अपने विद्यार्थियों को सहज मनः स्थिति में ले आते थे। मेरे रामनाथपुरम् प्रवास के दौरान वे मेरे परम गुरु बन गए। तमाम दूसरी बातों के अलावा, उन्होंने मुझे यह एहसास भी कराया कि व्यक्ति ख़ुद अपने जीवन की घटनाओं पर बहुत ज़्यादा असर डाल सकता है।

अय्यादुरै सोलोमन ने मुझे सिखाया कि हर चीज़ को मुमकिन बनाने के लिए मुझे उसकी ज़बर्दस्त चाहत पैदा करनी होगी। साथ ही मुझे यह विश्वास भी पूरी तरह से रखना होगा कि यह होकर ही रहेगा। मैं यह समझने लायक़ भी हुआ कि इस प्रकार का संकल्प न केवल एक शक्तिशाली प्रेरक शक्ति होता है, बल्कि चीज़ों को मुमकिन भी बनाता है। मैं ख़ुद अपने जीवन के एक उदाहरण से इसे स्पष्ट कर सकता हूँ। मैं आकाशों में समाए रहस्यों पर हमेशा फ़िदा रहा हूँ। इतनी ही मोहक पक्षियों की उड़ान भी रही है। मैं देश के एक पिछड़े इलाक़े से आया हुआ मामूली लड़का, आश्वस्त था कि एक दिन मैं भी उड़ान भरूँगा और आगे आने वाले सालों में मैं रामेश्वरम् का उड़ान भरने वाला पहला बच्चा बना।

अय्यादुरै एक महान शिक्षक थे, क्योंकि वे बच्चों को उनके अपने वास्तविक मूल्य का बोध करा देते थे। उन्होंने मेरे आत्म-गौरव को ऊँचा उठाया और मुझे इस बात का क़ायल किया कि एक ऐसे माता-पिता, जिन्हें अच्छी शिक्षा का लाभ नहीं मिला, की संतान होने के बावजूद मैं भी वह सब बन सकता हूँ, जो मैं इच्छा रखता हूँ। 'आस्था के सहारे, तुम अपना भाग्य बदल सकते हो', उन्होंने कहा था।

श्वार्ट्ज़ में अपनी पढ़ाई पूरी कर चुकने के बाद मैं सफलता के लिए आत्म-विश्वास से सराबोर और कृत-संकल्प था। पढ़ाई आगे जारी रखने का

निर्णय मैंने दोबारा सोचे बिना कर लिया। सबसे नज़दीकी कॉलेज सेंट जोसेफ़ तिरुचिरापल्ली में था, जो अपने संक्षिप्त नाम 'त्रिची' से ज़्यादा जाना जाता है।

* * *

सन् 1950 में मैं इण्टरमीडिएट की पढ़ाई के लिए सेंट जोसेफ़ कॉलेज में आ गया। परीक्षा में श्रेणी प्राप्त करने की दृष्टि से मैं होशियार छात्र तो नहीं था, लेकिन अपने रामेश्वरम् के मित्रों– जलालुद्दीन और शम्सुद्दीन का शुक्रगुज़ार हूँ, जिनकी बदौलत मैंने व्यावहारिक बुद्धि हासिल कर ली थी।

शिक्षकों को लेकर मेरी ख़ुशक़िस्मती सेंट जोसेफ़ कॉलेज में भी जारी रही। पादरी फ़ादर टी.एन. सीक्वीरा हमें अँग्रेज़ी पढ़ाते थे और साथ ही हमारे छात्रावास के वॉर्डन भी थे। होस्टल की तीन मंज़िला इमारत में हम कोई सौ छात्र रहते थे। फ़ादर सीक्वीरा की ऊर्जा और धैर्य ग़ज़ब के थे। वे दूसरों का बेहद ख़्याल रखने वाले व्यक्ति थे और छात्रों की छोटी से छोटी ज़रूरत का भी पूरा ध्यान रखते थे। मैं सेंट जोसेफ़ कैंपस में चार साल रहा। वहाँ होस्टल के कमरे में मेरे दो साथी थे– एक, श्रीरंगम के रूढ़िवादी आयंगर ब्राह्मण परिवार से था और दूसरा केरल के सीरियन ईसाई परिवार से था। हम तीनों ने साथ रहते हुए बहुत अच्छा वक़्त बिताया। उन दिनों की एक घटना मुझे आज भी याद है। एक रविवार हमने अपने कॉलेज के प्रमुख, कैथलिक फ़ादर कलाथिल को दोपहर के खाने पर आमंत्रित किया। दावत में हमने तीनों के परिवारों की भिन्न-भिन्न संस्कृति के अनुसार कुछ चुनिंदा व्यंजन शामिल किए थे। इसका नतीजा उम्मीद से कहीं बेहतर रहा और फ़ादर ने दावत की जमकर तारीफ़ की। हमने फ़ादर कलाथिल के साथ बिताए प्रत्येक क्षण का आनंद लिया, जिन्होंने हमारी बचकानी बातचीत में बेहद उमंग से भाग लिया।

जब मैं सेंट जोसेफ़ कॉलेज में अपने अंतिम वर्ष में था, तब मुझे अँग्रेज़ी साहित्य और दर्शनशास्त्र पढ़ने का चस्का लग गया। मैंने महान कालजयी रचनाएँ पढ़ना शुरू किया। टॉलस्टॉय, स्कॉट और हार्डी मुझे विशेष रूप से पसंद थे, हालाँकि विदेशी वातावरण के साथ अपने-आप को जोड़ पाना आसान नहीं था। इसी समय के आसपास भौतिक शास्त्र में मेरी गहन रुचि विकसित हुई।

* * *

अपनी इण्टरमीडिएट परीक्षा के बाद मैंने सेंट जोसेफ़ कॉलेज में ही बी.एससी. पाठ्यक्रम में प्रवेश ले लिया। उस वक़्त मुझे उच्च-शिक्षा या व्यावसायिक शिक्षा के अन्य विकल्पों के बारे में कोई जानकारी नहीं थी। कॉलेज से बी.एससी. उत्तीर्ण होने के बाद ही मैं यह महसूस कर सका कि भौतिकशास्त्र बेशक आकर्षक विषय है, लेकिन वह मेरा विषय नहीं था। अपने ख़्वाबों की ताबीर के लिए मुझे इंजीनियरिंग लेना चाहिए था- और यह मुझे इण्टरमीडिएट परीक्षा के तुरंत बाद ही करना चाहिए था। देर आयद, दुरुस्त आयद, मैंने फ़ैसला किया। मैंने मद्रास इंस्टीट्यूट ऑफ़ टेक्नॉलॉजी (एम.आई.टी.) में दाख़िले के लिए अर्ज़ी दी, जो भारत में तकनीकी शिक्षा के लिए सर्वोत्तम जगहों में था और आज भी है।

मैंने चुने गए उम्मीदवारों की फ़ेहरिस्त में जगह तो बना ली, परंतु इस प्रतिष्ठित संस्थान में दाख़िला लेना एक ख़र्चीला मामला था। क़रीब एक हज़ार रुपए की ज़रूरत थी, जो उस ज़माने में काफ़ी बड़ी रक़म थी और जिसका इंतज़ाम कर पाना मेरे पिताजी के बूते के बाहर था। मेरी बड़ी बहन ज़ोहरा ने मेरी मदद के लिए अपने गहने गिरवी रख दिए। मुझे पढ़ा-लिखा आदमी बनाने के लिए उनके इस पक्के इरादे ने मुझे गहराई तक छू लिया। मैंने अपने-आप से वादा किया कि मैं उनके गहने जल्द से जल्द, ख़ुद अपनी कमाई से वापस छुड़ाकर लाऊँगा। अपने इस इरादे को पूरा करने के लिए मेरे पास केवल एक ही रास्ता था कि मैं पढ़ाई में कड़ी मेहनत करूँ और वजीफ़ा हासिल करूँ। बस, फिर अच्छा नतीजा लाने के पक्के इरादे के साथ मैं अपनी पढ़ाई में जुट गया।

* * *

एम.आई.टी. में बिताए सालों के दौरान मेरी उत्सुकता उड़ान से हटाए गए उन दो विमानों ने जाग्रत कर दी, जो वहाँ उड़ान संबंधी मशीनों की विभिन्न उप-प्रणालियों के प्रदर्शन हेतु रखे गए थे। मुझे उनके प्रति एक अजीब कशिश महसूस होती और जब बाक़ी छात्र वापस होस्टल चले जाते, मैं उन्हीं विमानों के पास बैठा रहता। इंसान की आसमान में उड़ने की इच्छा के प्रति मेरे मन में हमेशा प्रशंसा का भाव रहा है। प्रथम वर्ष की पढ़ाई पूरी होने के बाद जब मुझे किसी एक विशेष शाखा का चुनाव करना था, तो मैंने स्वाभाविक रूप से

एयरोनॉटिकल इंजीनियरिंग को चुन लिया। मेरे सामने अपना लक्ष्य अब बिल्कुल साफ़ था- मैं हवाई जहाज़ उड़ाने वाला हूँ।

एम.आई.टी. में मेरी पढ़ाई के दौरान तीन शिक्षकों ने मेरी सोच को रूपाकार दिया। उनके दिशा-निर्देशों ने वह बुनियाद तैयार की, जिस पर बाद में मैंने अपने व्यावसायिक कैरियर का निर्माण किया। प्रोफ़ेसर स्पॉण्डर, प्रो. के.ए.वी. पनदलाई और प्रो. नरसिंह राव विलक्षण विभूतियाँ थे, कई मायनों में एक-दूसरे से एकदम अलग, लेकिन एक गुण में तीनों एक समान और वह था अपने छात्रों की बौद्धिक भूख, अपनी प्रवीणता एवं अथक उत्साह से शांत करने की क्षमता।

प्रो. स्पॉण्डर मुझे तकनीकी वायु-गति विज्ञान पढ़ाते थे। वे ऑस्ट्रिया के थे और उन्हें वैमानिक इंजीनियरिंग का बहुत अच्छा प्रेक्टिकल अनुभव था। द्वितीय विश्व-युद्ध के दौरान नाज़ियों ने उन्हें बंदी बनाकर एक यातना-शिविर में डाल दिया था। उस भयानक अनुभव के बाद से ही उन्हें सारे जर्मनों से सख़्त नफ़रत हो गई- यहाँ तक कि उनसे भी, जिन्होंने युद्ध में नाज़ी पार्टी का समर्थन नहीं किया था।

संयोग से, वैमानिक इंजीनियरिंग विभाग के प्रमुख एक जर्मन, प्रो. वॉल्टर रेपेन्तिन थे। विभाग में एक अन्य जाने-माने प्रोफ़ेसर विशिष्ट वैमानिकी इंजीनियर डॉ. कुर्त टैंक भी थे, जिन्होंने द्वितीय विश्व-युद्ध में असाधारण क्षमता प्रदर्शित करने वाले एक सीट वाले लड़ाकू विमान *फ़ॉक् वुल्फ़ - एफ़.डब्ल्यू.190* का डिज़ाइन तैयार किया था। डॉ. टैंक बाद में बैंगलोर के हिंदुस्तान एयरोनॉटिक्स लिमिटेड (एच.ए.एल.) में चले गए, जहाँ उन्होंने भारत का पहला जेट युद्धक विमान *एच.एफ़.-24* मारुत डिज़ाइन किया।

प्रो. स्पॉण्डर ने तमाम मतभेदों के बावजूद अपने जर्मन सहकर्मियों के साथ काम करना सीख लिया था। वे हमेशा शांत, ऊर्जावान और आत्म-नियंत्रित रहते थे। वे नवीनतम तकनीकों की बराबर जानकारी रखते थे और अपने छात्रों से भी ऐसी ही उम्मीद रखते थे। वैमानिक इंजीनियरिंग को अपना विषय चुनने के बारे में जब मैंने पहली बार सोचा, तो उन्हीं से परामर्श लिया। उन्होंने मुझसे कहा कि व्यक्ति को अपनी बुनियादी तैयारियों को लेकर कभी चिंता नहीं करना चाहिए, बल्कि अध्यापन के लिए चुने गए अपने क्षेत्र के प्रति उसमें पर्याप्त योग्यता और उत्कंठा होना चाहिए। प्रो. स्पॉण्डर की नज़र में ज़्यादातर छात्रों के साथ परेशानी शैक्षिक अवसरों या औद्योगिक ढाँचों की कमी की नहीं थी-

परेशानी दरअसल अध्ययन के क्षेत्र का चुनाव करने में पर्याप्त सावधानी बरतने में उनकी विफलता की थी।

प्रो. पनदलाई एयरो स्ट्रक्चर डिज़ाइन एंड एनालिसिस पढ़ाते थे। वे दोस्ताना स्वभाव के उत्साही शिक्षक थे और हर पाठ्यक्रम को पढ़ाने के लिए नए-नए तरीक़े लेकर आते थे। प्रो. पनदलाई ही थे, जिन्होंने स्ट्रक्चरल इंजीनियरिंग के रहस्यों की गुत्थियाँ उजागर कीं। मेरी यह मान्यता है कि वह हर व्यक्ति, जिसे प्रो. पनदलाई ने पढ़ाया, उनकी बौद्धिक-निष्ठा और विद्वत्ता का क़ायल था। उनमें अहंकार का नामोनिशान तक नहीं था। उनके छात्र कक्षा की बहसों में उनसे असहमति व्यक्त करने के लिए स्वतंत्र थे।

प्रो. नरसिंहराव गणितज्ञ थे और हमें सैद्धांतिक वायु-गति विज्ञान पढ़ाते थे। उनकी कक्षा में पढ़ने के बाद मैं गणितीय भौतिकी को अन्य किसी भी विषय से ज़्यादा पसंद करने लगा। बाद के सालों में, मुझसे अक्सर कहा जाने लगा कि वैमानिकी-डिज़ाइनों की समीक्षा बैठकों में मैं अपने साथ 'सर्जिकल नाइफ़' (चीर-फाड़ के काम में आने वाला चाक़ू) लेकर आता हूँ। अगर प्रो. राव की निरंतर सलाह न मिलती कि वायु-गति विज्ञान में गणितीय समीकरण कैसे सिद्ध किए जाएँ, तो यह हुनर मैं कभी हासिल नहीं कर पाता।

वैमानिकी एक जादुई विषय है। धीरे-धीरे मेरे दिमाग़ में जानकारियों का मिला-जुला भण्डार बन गया। मैं विभिन्न प्रकार के हवाई जहाज़ों की संरचनाओं में अंतरों को समझने लगा। मेरे इन पसंदीदा शिक्षकों ने, जो सभी अपने-अपने क्षेत्र के आधिकारिक विद्वान थे, यह समग्र ज्ञान हासिल करने में मेरी मदद की।

* * *

एम.आई.टी. में मेरा तीसरा और अंतिम वर्ष संक्रांति-काल था। विचारों की एक नई लहर- राजनैतिक और औद्योगिक- सारे देश में उन सालों में चल रही थी। उन दिनों लोकप्रिय मत यह था कि वैज्ञानिक पद्धतियों में विश्वास करना ही ज्ञान-प्राप्ति का अकेला जायज़ रास्ता है। यदि ऐसा ही है, तो मैं आश्चर्य करता कि विज्ञान और आध्यात्मिकता के सह-संबंध का क्या अर्थ है? मेरा पालन-पोषण गहन धार्मिक मूल्यों के साथ हुआ था, जहाँ जीवन की सच्ची सार्थकता भौतिक जगत के परे- एक सम्पूर्ण आध्यात्मिक साम्राज्य में स्थित थी। बचपन की शुरुआत से ही मुझे सिखाया जाता रहा कि ज्ञान केवल अपने आंतरिक

अनुभव से ही हासिल हो सकता है। मैं इस तरह के नैतिक विषयों पर मनन करता, विज्ञान के प्रश्नों के हल खोजने और स्वयं अपने आध्यात्मिक हितों के बीच तालमेल बैठाने का प्रयास करता।

इसी बीच, जब मैंने अपने पाठ्यक्रम का कार्य पूरा किया, मुझे चार अन्य विद्यार्थियों के साथ कम ऊँचाई पर मार करने वाले विमान की डिज़ाइन की परियोजना का काम मिला। मुझे इस विमान की वायु-गति विज्ञान डिज़ाइन की ड्रॉइंग बनाने की ज़िम्मेदारी दी गई थी, जबकि मेरी टीम के साथियों को विमान की अन्य प्रणालियों से संबंधित कार्य सौंपे गए थे। प्रो. श्रीनिवासन ने, जो उन दिनों एम.आई.टी. के निदेशक थे, मेरे काम की समीक्षा की और उसे निराशाजनक घोषित किया। आशाजनक परिणाम नहीं आने को लेकर मैंने दर्जनों बहाने बनाए, लेकिन प्रो. श्रीनिवासन मेरे किसी भी बहाने से प्रभावित नहीं हुए।

आख़िरकार मैंने उनसे काम पूरा करने के लिए एक महीने का वक़्त देने की गुज़ारिश की। प्रो.फ़ेसर साहब कुछ देर तक मुझे देखते रहे, फिर बोले, 'आज शुक्रवार है और दोपहर का वक़्त है। मैं तुम्हें तीन दिन का समय दे सकता हूँ। यदि सोमवार सुबह तक, मुझे आकृति डिज़ाइन की हुई नहीं मिली, तो तुम्हारी छात्रवृत्ति बंद कर दी जाएगी।'

मेरे मुँह से शब्द नहीं निकले। यही छात्रवृत्ति मेरी जीवन-रेखा थी। अब मुझे जल्द से जल्द काम ख़त्म करना था। सारी रात मैं ड्रॉइंग बोर्ड पर काम करता रहा, खाना तक नहीं खाया। सुबह मैंने ताज़ा-दम होने और हल्का-फुल्का खाना खाने के लिए कोई एक घंटे का वक़्त निकाला। रविवार को मैं अपना काम ख़त्म करने के क़रीब ही था, तभी मैंने अपने कमरे में किसी के आने की आहट सुनी। वे प्रो. श्रीनिवासन थे, जो क्लब से लौटकर आ रहे थे और अभी तक अपने टेनिस के कपड़ों में ही थे। वे मेरे काम की प्रगति देखने आ गए थे।

उन्होंने मेरे काम को जाँचा, फिर स्नेहपूर्वक मेरी पीठ थपथपाते हुए बोले, 'मुझे पता था कि मैं तुम्हें एक नामुमकिन-सी समय-सीमा देकर गंभीर तनाव में डाल रहा हूँ और ईमानदारी से, मैंने क़तई यह उम्मीद नहीं की थी कि तुम इतनी अच्छी तरह से काम करोगे।'

पाठ्यक्रम से इतर गतिविधियों में भी मैं भाग लेता था। जब मैं एम.आई.टी. में ही था, मैंने तमिल संगम (साहित्यिक संस्था) द्वारा आयोजित निबंध-लेखन

प्रतियोगिता में भाग लिया। मैंने तमिल में एक लेख लिखा, 'आइए, हम अपना ख़ुद का विमान बनाएँ'। लेख लोगों को काफ़ी रुचिकर लगा और मैंने प्रतियोगिता भी जीत ली। तमिल मेरी मातृ-भाषा है और इस भाषा ने मेरे ऊपर बहुत ज़्यादा असर डाला है।

कॉलेज के दिनों की मेरी सबसे ख़ुशनुमा और गहरी याद प्रो. स्पॉण्डर से जुड़ी हुई है। अंतिम वर्ष की समाप्ति पर हम लोग विदाई समारोह के दौरान एक ग्रुप-फ़ोटो खिंचवाने की तैयारी कर रहे थे। स्नातक होने वाले सभी छात्र तीन पंक्तियों में खड़े थे और सारे प्रोफ़ेसर सामने की क़तार में बैठे हुए थे। अचानक प्रो. स्पॉण्डर उठकर खड़े हुए और मुझे खोजने लगे। मैं तीसरी क़तार में खड़ा था।

उन्होंने मुझे देखा और कहा, 'आओ और यहाँ सामने, मेरे साथ बैठो। तुम मेरे सबसे अच्छे विद्यार्थी हो। मुझे विश्वास है कि तुम्हारी कड़ी मेहनत आगे चलकर तुम्हारे शिक्षकों का नाम रोशन करने में मददगार होगी।'

मैं हिचकिचा उठा- इस तारीफ़ से शर्मिन्दा, लेकिन पहचान से गौरवान्वित। मैं धीरे-धीरे आगे बढ़ा और फ़ोटो खिंचवाने के लिए प्रो. स्पॉण्डर के पास बैठ गया।

४. कैरियर का आग़ाज़

एम.आई.टी. से मैं एक प्रशिक्षु के रूप में हिन्दुस्तान एयरोनॉटिक्स लिमिटेड (एच.ए.एल.) बैंगलोर चला गया, जहाँ मैंने एक टीम के सदस्य के रूप में इंजनों की पूर्ण मरम्मत का काम सीखा। यह हाथ रवां करने और काफ़ी-कुछ सिखाने वाला काम था। पहले मैंने जो सिद्धांत के रूप में सीखा था, उसका काफ़ी हिस्सा मैं यहाँ व्यवहार में ला पाया। जब कक्षा में सीखा गया कोई सिद्धांत प्रयोगात्मक अनुभव की कसौटी पर कसा जाता है, तो वह एक अनूठी उत्तेजना का भाव पैदा करता है- जैसे अजनबियों की भीड़ में उम्मीद के ख़िलाफ़ कोई पुराना दोस्त टकरा जाए।

मैंने एच.ए.एल. के तकनीशियनों को बेहद ख़ामोश तबीयत पाया। वे न तो नामचीन विश्वविद्यालयों में पढ़े हुए थे और न ही अपने इंजीनियर इंचार्ज के

आदेशों का पालन करते थे। वे इस टेक्नोलॉजी के साथ बरसों से काम कर रहे थे और ऐसा लगता था कि उन्होंने काम के लिए एक अंत: प्रेरित भाव का विकास कर लिया था।

एक स्नातक वैमानिकी इंजीनियर के रूप में जब मैंने एच.ए.एल. छोड़ा, तो कुछ ही दिन बाद मेरे सामने रोज़गार के दो अलग-अलग अवसर आए- दोनों ही मेरे वर्षों पुराने उड़ान के सपने को पूरा करने वाले। पहला, भारतीय वायुसेना में और दूसरा, रक्षा मंत्रालय के तकनीकी विकास एवं उत्पादन निदेशालय या डी.टी.डी. एंड पी. (एयर) में। मैंने दोनों के लिए आवेदन किया। दोनों जगहों से मुझे लगभग साथ-साथ साक्षात्कार के लिए बुलावा आया। वायु-सेना भर्ती अधिकारियों ने मुझे देहरादून बुलाया था और डी.टी.डी. एंड पी. (एयर) ने दिल्ली।

कोरोमंडल समुद्र तट के इस लड़के ने पहली बार, दो हज़ार किलोमीटर दूर की मंज़िल के लिए उत्तर की यात्रा की। अपने देश की विराटता से यह मेरा पहला परिचय था।

ट्रेन के डिब्बे की खिड़की से ग्रामीण भारत को तेज़ी से पीछे छूटते देखा। दूर से, धान के खेतों में काम करते स्त्री-पुरुष किसी पेंटिंग का हिस्सा लग रहे थे। मैं खिड़की से चिपककर बैठा रहा। तक़रीबन हर कहीं, लोग किसी न किसी काम में लगे थे, जिसकी अपनी ही लय थी- जानवरों को चराते पुरुष, कुँओं से पानी खींचती महिलाएँ- वे ही सब काम, जो वे सदियों से करते आए थे। कभी-कभार एकाध बच्चा नज़र आ जाता, जो सामने से गुज़रती ट्रेन की ओर हाथ हिलाता हुआ पीछे छूट जाता।

भारत के एक छोर से दूसरे छोर की यात्रा करते हुए, बेहद विस्मयकारी लगता है कि भू-परिदृश्य कैसे बदलता चला जाता है। यह लगभग ऐसा ही है, जैसे किसी दूसरे देश की यात्रा करना। मुझे दिल्ली लाते हुए मेरी ट्रेन को नर्मदा, ताप्ती, महानदी, गोदावरी और कृष्णा नदियों की भौगोलिक सीमाओं को पार करना पड़ा। मेरे लिए यह यात्रा विज्ञान की शक्ति और आविष्कार की मानवीय क्षमता को आदरांजलि देने जैसी भी थी।

मैं महान सूफ़ी संत हज़रत निजामुद्दीन की नगरी दिल्ली में हफ़्ते भर रुका। डी.टी.डी. एंड पी. (एयर) में मेरा साक्षात्कार बढ़िया रहा। प्रश्न सामान्य

क़िस्म के थे और विषय के मेरे ज्ञान को चुनौती देने वाले नहीं थे। मुझे पूरा विश्वास था कि मैंने अच्छा प्रदर्शन किया है। इसके बाद मैं वायु-सेना भर्ती बोर्ड में साक्षात्कार के लिए देहरादून रवाना हुआ, जहाँ कहानी कुछ अलग क़िस्म की ही थी।

भर्ती बोर्ड में ज़ोर- व्यक्तित्व, शारीरिक क्षमता और अच्छी तरह से बोलने-बातचीत कर पाने की योग्यता पर था। मैं रोमांचित किंतु अधीर, कृत-संकल्प किंतु आतुर, आश्वस्त किंतु तनाव में था।

पच्चीस उम्मीदवारों में मैं सिर्फ़ नौवाँ स्थान बनाने में ही कामयाब हो पाया, जिनमें से आठ अधिकारियों को ही भारतीय वायु-सेना के लिए चुना जाना था।

मैं हताश था। मुझे यह समझ पाने में थोड़ा वक़्त लगा कि वायु-सेना में शामिल होने का मौक़ा बस मेरी उँगलियों के बीच से फ़िसल गया। मैं यह जानते हुए कि आने वाले दिन काफ़ी कठिन होंगे और मुझे किसी न किसी तरह अपनी निराशा से पार पाना ही होगा, अपने आपको घसीटता हुआ भर्ती बोर्ड से बाहर आ गया। आगे क्या करना है, इसे लेकर मुझे नई योजना भी बनानी थी, क्योंकि अपनी पसंद का कैरियर अब मुझे अपनी पहुँच से दूर नज़र आ रहा था। अपने दिमाग़ को शांत करने के लिए मैंने सफ़र पर जाने का फ़ैसला किया। अपने शांतिपूर्ण माहौल के कारण मुझे ऋषिकेश एक आदर्श जगह लगी और मैं मन में तमाम सवालात लिए पहाड़ी रास्ते खोजता, इस तीर्थ-स्थल के लिए पैदल-पैदल चल दिया।

* * *

चलते-चलते मैं ऋषिकेश के शिवानंद आश्रम जा पहुँचा। वहाँ मैंने स्वामी शिवानंद के दर्शन किए, जिनमें मुझे बिल्कुल बुद्ध जैसी आभा नज़र आई। उनका रंग जैतूनी और आँखें धँसी हुई-सी थीं और वे सफ़ेद धोती तथा चंदन की खड़ाऊँ पहने हुए थे। मैं उनकी अत्यंत मनमोहक मुस्कान और कृपालु भाव देखकर मुग्ध हो गया। मैंने उन्हें अपना परिचय दिया। मैं आगे कुछ भी बोल पाता, इसके पहले ही उन्होंने मुझसे पूछ लिया कि मैं इतना दुखी क्यों हूँ? उन्होंने मुझे बताया नहीं कि यह बात वे कैसे जान गए और न ही फिर मैंने उनसे पूछा।

मैंने उन्हें भारतीय वायु-सेना में जाने के असफल प्रयास और उड़ानें भरने की अपनी बरसों पुरानी ख़्वाहिश के बारे में बताया। उन्होंने अपनी गुरु-गंभीर वाणी से मेरी चिंता दूर कर दी, 'अपनी नियति को स्वीकार करो और जीवन के साथ-साथ आगे बढ़ो। संभवत: पायलट बनना तुम्हारी नियति नहीं है। तुम्हारी नियति में क्या बनना लिखा है, यह अभी तक साफ़ नहीं है, लेकिन वह पहले से ही तय है। इस असफलता को भूल जाओ। इसे उस मंज़िल के एक क़दम की तरह स्वीकार करो, जो तुम्हारे लिए नियति द्वारा पहले से ही निर्धारित है।'

जब शिष्य की तैयारी पूरी होगी, गुरु प्रकट हो जाएँगे- इस कथन का मर्म अपनी पूरी शक्ति से मेरे आगे उजागर हो गया। यहाँ एक गुरु थे, जिन्होंने मुझे उस समय मार्ग दिखाया, जब मुझे उसकी सबसे ज़्यादा ज़रूरत थी। उन्होंने उस शिक्षा को फिर से पुख़्ता किया, जो पिताजी ने मुझे दी थी- कि पराजय, निराशाएँ और टूटी आशाएँ जीवन का एक भाग हैं।

मैं दिल्ली लौट आया और डी.टी.डी. एंड पी. में अपने साक्षात्कार के परिणाम के संबंध में पूछताछ की। जवाब में मुझे मेरा नियुक्ति-पत्र थमा दिया गया। अगले ही दिन मैंने 250 रुपये मूल-वेतन पर वरिष्ठ सहायक वैज्ञानिक के पद पर कार्य-भार सँभाल लिया।

मैंने सोचा, यदि यही मेरी नियति है, तो यही सही। भारतीय वायु-सेना में भर्ती होने में अपनी नाकामयाबी की कड़वाहट या असंतोष को अब मैं बिल्कुल महसूस नहीं कर रहा था। मैंने यह भी समझ लिया कि भले ही मैं हवाई जहाज़ उड़ा नहीं रहा था, मैं उन्हें उड़ान के लायक़ बनाने में मदद तो कर ही रहा था।

5. काम की असल शुरुआत

यह सब सन् 1958 का घटनाक्रम है। निदेशालय में मुझे तकनीकी केंद्र (नागरिक उड्डयन) में रखा गया। पहले साल में मैंने अपने ऑफ़िसर इंचार्ज आर. वरदराजन की मदद से एक पराध्वनिक लक्ष्य-भेदी विमान के डिज़ाइन का कार्य पूरा किया। डिज़ाइन को निदेशक डॉ. नीलकांतन की सराहना मिली। मुझे विमानों के रख-

रखाव का अनुभव हासिल करने और अभ्यास के लिए एयरक्राफ़्ट एंड आर्मामेंट टेस्टिंग यूनिट (विमान एवं हथियार परीक्षण इकाई, ए. एंड ए.टी.यू.) कानपुर भेजा गया। उन दिनों वहाँ *नैट मार्क* (जी. एम.) *II* विमान की कार्य-क्षमता का परीक्षण किया जा रहा था और मुझे इसी पर काम करना था।

किसी औद्योगिक शहर में रहने का मेरा यह पहला अनुभव था। उन दिनों में भी कानपुर घनी आबादी वाला शहर था। ठंडा मौसम, भीड़, शोर-शराबा और धुआँ- रामेश्वरम् के उस माहौल से एकदम उलट था। मुझे ख़ासतौर से रसोइए द्वारा नाश्ते और खाने में आलू ज़्यादा इस्तेमाल करने से बेहद चिढ़ होती थी।

मुझे यह भी लगता था कि यह शहर अकेलेपन के एहसास की गिरफ़्त में है। शहर के ज़्यादातर निवासी अपने गाँव छोड़कर यहाँ फ़ैक्ट्रियों में काम की तलाश में आए थे। उन जगहों को पीछे छोड़कर, जहाँ वे बड़े हुए थे और जिनसे वे अच्छे परिचित थे। शहर से उनका जुड़ाव उतना की कम लगता था, जितना कि मेरा।

मेरी दिल्ली वापसी पर मुझे सूचित किया गया कि डी.टी.डी. एंड पी. में एक नए क़िस्म के लक्ष्य के डिज़ाइन का काम हाथ में लिया गया है और डिज़ाइन टीम में मुझे भी शामिल किया गया है। टीम के अन्य सदस्यों के साथ मिलकर मैंने यह काम पूरा किया। इसके बाद मैंने मानव को मुख्य केंद्र से दूर ले जाने वाली मशीन के प्रारंभिक डिज़ाइन का अध्ययन किया। फिर मैंने सीधे (लंबवत्) उड़ान भरने और विमान उतारने वाले प्लेटफ़ॉर्म का डिज़ाइन और विकास किया।

तीन साल गुज़र गए, तब बैंगलोर में वैमानिकी विकास प्रतिष्ठान (ए.डी.ई.) का जन्म हुआ और यहाँ मेरी नियुक्ति हुई। शुरुआती साल में यहाँ काम का बोझ काफ़ी कम था। हक़ीक़त में तो यहाँ काम के धीरे-धीरे गति पकड़ने तक, मुझे अपने लिए ख़ुद काम विकसित करना था।

जल्द ही मेरे शुरुआती अध्ययनों के आधार पर एक स्वेदेशी ऊपर मँडराने वाले ज़मीनी उपकरण-वाहन (ग्राउंड इक्विपमेंट मशीन-जेम) हॉवरक्राफ़्ट का मॉडल डिज़ाइन और विकसित करने के लिए एक टीम गठित की गई। मुझे मिलाकर यह चार सदस्यीय एक छोटा कार्य-दल था, जिसका नेतृत्व मुझे ही करना था। इंजीनियरिंग मॉडल पेश करने के लिए हमें तीन साल का वक़्त दिया

गया था।

यह परियोजना हर लिहाज़ से, हम चारों की सारी क्षमताएँ मिलाकर भी ज़्यादा बड़ी थी। हम लोगों में से किसी को भी मशीन का निर्माण करने का कोई भी अनुभव नहीं था, उड़ने वाली मशीन की तो बात ही अलग थी। न कोई डिज़ाइन उपलब्ध था और न ही मानक पुर्ज़े। हम केवल इतना जानते थे कि हमें एक सफल, हवा से भारी, उड़ने वाली मशीन तैयार करना है। हॉवरक्राफ़्ट्स के बारे में हम जो भी जानकारी जुटा पाए, उसे हमने पढ़ने का प्रयास किया, लेकिन ज़्यादा सामग्री उपलब्ध ही नहीं थी। हमने इस क्षेत्र के जानकार व्यक्तियों से सलाह लेने की कोशिश की, लेकिन ऐसा कोई भी व्यक्ति नहीं मिल पाया।

एक दिन मैंने सीमित जानकारी और उपलब्ध संसाधनों के ही दम पर आगे बढ़ने का निर्णय किया। कुछ महीने रेखाचित्र तैयार करने के बाद हम सीधे वास्तविक मॉडल तैयार करने में जुट गए। हिस्सा-दर-हिस्सा, एक उप-प्रणाली से दूसरी उप-प्रणाली, एक चरण से दूसरा चरण- चीज़ें आगे बढ़ने लगीं। बिना पंख वाली, हल्की और तेज़ रफ़्तार वाली उड़न-मशीन बनाने के इस उद्यम ने हमारे दिमाग़ की खिड़कियाँ खोल दीं। यह ख़तरा हमेशा बना रहता है कि मेरे जैसी पृष्ठ-भूमि- छोटे क़स्बे, मध्यमवर्गीय, अल्प-शिक्षित माता-पिता वाले परिवार से आया हुआ व्यक्ति, कहीं यहाँ तक पहुँचने के बाद, अगला बड़ा क़दम उठाने के लिए क़िस्मत के किसी इशारे का इंतज़ार करते-करते इतनी बड़ी, महत्वपूर्ण ज़िम्मेदारियों से घबराकर काम से मुँह न मोड़ ले। मैं यह बात हमेशा से जानता था कि मुझे सिर्फ़ भाग्य के भरोसे ही नहीं रहना होगा, अपने अवसर ख़ुद पैदा करने होंगे।

श्री वी.के. कृष्ण मेनन उस समय भारत के रक्षामंत्री थे। उन्हें हमारी इस छोटी-सी परियोजना की प्रगति में काफ़ी रुचि थी। वे इसे, रक्षा-उपकरणों की देश के भीतर ही निर्माण करने वाली पहली सीढ़ी के रूप में देखते थे। वे जब कभी भी बैंगलोर में होते, तो हमारी प्रगति को देखने के लिए कुछ वक़्त निकाल ही लेते थे। हमारे काम में उनके गहरे विश्वास ने हमारे उत्साह की रूपरेखा तय कर दी थी।

लेकिन 'जेम' के बारे में श्री कृष्ण मेनन की राय हर एक को स्वीकार नहीं थी। उपलब्ध कलपुर्ज़ों और उपकरणों के साथ हमारे प्रयोगों से हमारे वरिष्ठ

सहकर्मी ख़ुश नहीं हुए। कई तो हमें 'नामुमकिन ख़्वाब के पीछे भागने वाले सनकी आविष्कारकों का समूह' कहते थे। मुझे ख़ासतौर पर निशाना बनाया जाता था, क्योंकि मुझे ऐसा 'एक और देहाती' समझा जाता था, जो हक़ीक़त से वाक़िफ़ नहीं था। लेकिन अपने ख़िलाफ़ उनकी यह राय हमारे सदा-आशावादी दिमाग़ों को और अधिक प्रेरित करती थी।

जब यह परियोजना एक वर्ष पूरा कर रही थी, रक्षामंत्री ए.डी.ई. (वैमानिकी विकास प्रतिष्ठान) के अपने नियमित दौरे पर आए। मैं उन्हें अपनी 'असेम्बली शॉप' में ले गया, जहाँ मशीनों के अलग-अलग हिस्सों को आपस में जोड़ा जाता है। भीतर एक टेबल पर 'जेम' का मॉडल रखा हुआ था। यह मॉडल जंग के मैदान में काम आने वाले कारगर हॉवरक्राफ़्ट के विकास के लिए साल भर के अनथक प्रयासों का नतीजा था। मंत्री जी यह कृत-संकल्प करने के लिए कि यह प्रारूप-मशीन आने वाले साल में उड़ान-परीक्षण के लिए तैयार हो सके, मुझ पर सवाल-दर-सवाल दाग़ते रहे।

हॉवरक्राफ़्ट का नाम भगवान शिव के वाहन भव्य-श्वेत वृषभ के नाम पर 'नंदी' रखा गया था। एक प्रारूपिक विमान होने के नाते इसका आकार, कसावट और सफ़ाई अनगढ़ थे, किंतु जो बुनियादी उपकरण हमारे पास थे, उन्हें देखते हुए यह हमारी उम्मीदों से आगे चला गया। मैंने अपने सहकर्मियों से कहा, 'यह उड़न-मशीन क़ाबिल इंजीनियरों द्वारा बनाई गई है। इसके रंग-रूप के आधार पर अपनी राय मत बनाइए। यह प्रदर्शन के लिए नहीं, उड़ने के लिए बनाई गई है।'

बाद में रक्षामंत्री श्री वी.के. कृष्ण मेनन ने अपनी सुरक्षा को लेकर व्यक्त की जा रही तमाम आशंकाओं को दरकिनार करते हुए मेरे साथ 'नंदी' में उड़ान भरी। मंत्री जी, मेरे जैसे नौसिखिए सिविल-पायलट के साथ उड़ान भरने का जो ख़तरा ले रहे थे, उसकी ओर इशारा करते हुए एक ग्रुप कैप्टन, जिसे कई हज़ार घंटों की उड़ान भरने का अनुभव था, ने ख़ुद मशीन उड़ाने का प्रस्ताव रखा। जिस मशीन की रचना मैंने की थी, मैं उससे वाक़िफ़ था और आश्वस्त था कि मैं उसे उड़ाने में पूरी तरह सक्षम हूँ। मैंने ग्रुप कैप्टन की तरफ़ देखते हुए इंकार में सिर हिला दिया। इस सांकेतिक संवाद को भाँपकर मंत्री ने ग्रुप कैप्टन के अशोभनीय सुझाव को हँसकर उड़ा दिया और मुझे मशीन चलाने का इशारा किया।

यह एक सीधी-सपाट उड़ान थी। मंत्री जी ने मुझसे कहा, 'तुमने साबित कर दिखाया है कि हॉवरक्राफ़्ट के विकास में जो बुनियादी दिक़्क़तें थीं, अब सुलझ चुकी हैं। अब तुम एक ज़्यादा शक्तिशाली, तेज़ रफ़्तार वाला वाहन तैयार करो और मुझे दोबारा सवारी के लिए बुलाओ।'

* * *

एक सफल कार्यशील हॉवरक्राफ़्ट का निर्माण कर हमने इस परियोजना को तय समय से पहले ही पूरा कर लिया। ए.डी.ई. के निदेशक डॉ. ओ.पी. मेदीरत्ता हमारी इस उपलब्धि पर बेहद ख़ुश थे। लेकिन इस समय तक श्री वी. के. कृष्ण मेनन मंत्री पद छोड़ चुके थे और वे दूसरी उड़ान नहीं भर सके, जिसका उन्होंने वादा किया था। नई सरकार में ज़्यादातर लोग उनके ख़्वाब से इत्तिफ़ाक़ नहीं रखते थे। यह परियोजना विवादों में उलझ गई और आख़िरकार इसे ताक़ पर रख दिया गया और आज तक, हम बाहरी टेक्नोलॉजी पर निर्भर रहते हुए हॉवरक्राफ़्ट्स का आयात करते हैं।

हॉवरक्राफ़्ट-परियोजना का गर्त में जाना मेरे लिए नया अनुभव था। मैंने अपने हृदय और आत्मा तक को 'नंदी' में झोंक दिया था। यह सच्चाई कि यह मशीन व्यावहारिक रूप से उपयोग नहीं की जाएगी, मेरी समझ से परे थी। मैं निराश था और मेरे भ्रम टूट चुके थे। अब तक मैं यही विश्वास करता आया था कि आकाश ही सीमा है, लेकिन अब साफ़ हुआ कि सीमाएँ बहुत नज़दीक थीं। कुछ मर्यादाएँ हैं, जो जीवन को अपने मुताबिक़ चलाती हैं- आप केवल इतना ही वज़न उठा सकते हैं, आप सिर्फ़ इतनी तेज़ी से सीख सकते हैं, आप सिर्फ़ इतना ही कठोर श्रम कर सकते हैं, आप केवल इतनी ही दूरी तक जा सकते हैं।

भ्रमात्मक और अनिश्चितता के इस दौर में अपने बचपन की यादें मेरे पास लौट आईं। पक्षि लक्ष्मण शास्त्री कहा करते थे, 'सत्य को खोजो, सत्य ही तुम्हें मुक्ति देगा।' और बाइबिल कहती है, 'माँगो, और तुम्हें मिल जाएगा।' मेरी जो हसरत थी, वह फ़ौरन पूरी नहीं हुई, लेकिन आख़िरकार हुई ज़रूर।

एक दिन डॉ. मेदीरत्ता ने मुझे बुलाकर हॉवरक्राफ़्ट की स्थिति के बारे में पूछताछ की। जब उन्हें यह बताया गया कि वह उड़ान भरने के लिए बेहतरीन हालत में है, तो उन्होंने मुझे अगले दिन एक ख़ास आगंतुक के सामने इसका प्रदर्शन करने का इंतज़ाम करने को कहा। जहाँ तक मेरी जानकारी थी, अगले

हफ़्ते के दौरान संस्थान में किसी वी.आई.पी. के आने का कार्यक्रम नहीं था, तो भी मैंने अपने सहकर्मियों को डॉ. मेदीरत्ता के निर्देश बता दिए और हमने अपने भीतर उम्मीद की एक नई हिलोर महसूस की।

6. हॉवरक्राफ़्ट से रॉकेट्स की ओर

अगले दिन डॉ. मेदीरत्ता एक मेहमान को हमारा हॉवरक्राफ़्ट दिखाने लेकर आए– लंबे, ख़ूबसूरत, दाढ़ी वाले। उन्होंने मुझसे इस मशीन के बारे में अनगिनत सवाल किए। मैं फ़ौरन उनकी साफ़ सोच का क़ायल हो गया।

'क्या आप मुझे इस मशीन में सवारी करा सकते हैं?' उन्होंने कुछ देर बाद पूछा। उनकी इस गुज़ारिश से मैं ख़ुशी से भर गया– आख़िरकार कोई तो आया, जिसे हमारे काम में दिलचस्पी है!

हमने दस मिनट तक ज़मीन से कुछेक सेंटीमीटर ऊपर हॉवरक्राफ़्ट में सवारी की। हम उड़ नहीं पा रहे थे, लेकिन निश्चय ही हवा में तैर रहे थे। मेहमान ने मुझसे मेरे बारे में कुछ सवाल किए, सवारी कराने के लिए मुझे शुक्रिया कहा और रवाना हो गए।

वे मेहमान थे, टाटा इंस्टीट्यूट ऑफ़ फ़ंडामेंटल रिसर्च (टी.आई.एफ़.आर.) के निदेशक प्रो. एम.जी.के. मेनन। एक हफ़्ते बाद मुझे इंडियन कमेटी फ़ॉर स्पेस रिसर्च (आईएनसीओएसपीएआर–इन्कॉस्पर) की ओर से रॉकेट इंजीनियर के पद हेतु साक्षात्कार में उपस्थित होने के लिए बुलावा आया। इन्कॉस्पर के बारे में उस वक़्त तक मैं बस इतना ही जानता था कि इसका गठन टी.आई.एफ़.आर., बंबई (अब मुंबई) के 'टैलेंट पूल'– अर्थात् प्रतिभा समूह से, भारत में अंतरिक्ष अनुसंधान की शुरुआत करने के लिए किया गया है।

वहाँ मुझे किस प्रकार के सवालों का सामना करना होगा, इस बात से अनजान, मैं साक्षात्कार के लिए बंबई गया। मैंने ख़ुद को याद दिलाया कि जीत का सबसे अच्छा तरीक़ा यह है कि जीतने की आतुरतापूर्ण ज़रूरत को मायूसी से महसूस मत करो। आपका श्रेष्ठतम प्रदर्शन तब पूरा होता है, जब आप शांत–

चित्त और शंका-रहित होते हैं। मैंने फ़ैसला किया कि चीज़ें जैसे-जैसे सामने आएँगी, उन्हें देखूँगा। यह मेरे लिए आसान था, क्योंकि न तो प्रो. मेनन का दौरा और न ही साक्षात्कार के लिए बुलावा मेरे कुछ करने की वजह से आया।

मेरा साक्षात्कार प्रो. विक्रम साराभाई ने लिया, जिनके साथ प्रो. मेनन और परमाणु ऊर्जा विभाग के उप सचिव श्री सराफ़ भी थे। कमरे के भीतर प्रवेश करते-करते ही मैंने उनकी गर्मजोशी और दोस्ताना रवैये को महसूस कर लिया। वहाँ अहंकार या एहसान करने जैसा भाव दूर-दूर तक नहीं था, जैसा कि आमतौर पर साक्षात्कार लेने वाले लोग, कम उम्र के और डरे-सहमे उम्मीदवार के सामने प्रदर्शित करते हैं।

प्रो. साराभाई को देखकर मैं तुरंत मुग्ध हो गया। उनके प्रश्न मेरे ज्ञान या हुनर की तफ़्तीश करने वाले नहीं, बल्कि उन संभावनाओं की तलाश करने वाले थे, जो मैं स्वयं अपने भीतर देखता था। वे मेरी ओर ऐसे देख रहे थे, जैसे वे मुझे किसी वृहत्तर संदर्भ में परख रहे हों। यह मुलाक़ात मुझे पूरी तरह सच के उस संपूर्ण क्षण की तरह लगी, जिसमें मेरा स्वप्न एक अज़ीम शख़्सियत के बड़े स्वप्न में समाहित हो गया।

मुझे यहाँ दो दिन और रुकने की सलाह दी गई। हालाँकि अगले दिन शाम को ही मुझे बता दिया गया कि मुझे इन्कॉस्पर में रॉकेट इंजीनियर के पद पर नियुक्त किया जा रहा है। यह मेरे जैसे नौजवान के लिए इतना बड़ा मौक़ा था, जिसका सिर्फ़ सपना ही देखा जा सकता है।

* * *

इन्कॉस्पर में मेरे काम की शुरुआत टी.आई.एफ.आर. कम्प्यूटर केंद्र में कार्य-परिचय पाठ्यक्रम के साथ हुई। यहाँ काम का माहौल डी.टी.डी. एंड पी. (एयर) से एकदम अलग था। कर्मचारियों की पृष्ठभूमि यहाँ मायने नहीं रखती थी। यहाँ किसी को भी अपनी स्थिति प्रमाणित करने की ज़रूरत नहीं थी और न ही दूसरे के शत्रुतापूर्ण व्यवहार को बर्दाश्त करने की।

1962 के उत्तरार्द्ध में किसी समय इन्कॉस्पर ने केरल में त्रिवेंद्रम (अब तिरुअनंतपुरम्) के पास मछुआरों के एक शांत से गाँव थुम्बा में भूमध्यरेखीय रॉकेट प्रक्षेपण केंद्र स्थापित करने का फ़ैसला किया। भौतिक अनुसंधान प्रयोगशाला,

अहमदाबाद के डॉ. चिटनीस ने इसे एक उपयुक्त जगह के रूप में खोजा था, क्योंकि यह पृथ्वी के चुम्बकीय अक्ष के बेहद क़रीब था। यह भारत में रॉकेट आधारित आधुनिक अनुसंधान की शुरुआत थी, सादगी भरी और बिना किसी शोर-शराबे के।

थुम्बा में चुनी गई क़रीब ढाई किलोमीटर लंबी और 600 एकड़ क्षेत्र में फैली यह जगह, रेलवे लाइन और पश्चिमी समुद्र तट के बीच में पड़ती थी। इस क्षेत्र में एक विशाल चर्च स्थित था, जिसकी ज़मीन केंद्र के निर्माण के लिए अधिग्रहीत की जानी थी। निजी ज़मीन का अधिग्रहण हमेशा एक मुश्किल और धीमी प्रक्रिया होती है, ख़ासतौर पर केरल जैसे घनी आबादी वाले प्रदेशों में। इसके अलावा, धार्मिक महत्व के स्थान की ज़मीन के अधिग्रहण का नाज़ुक मामला भी था। त्रिवेंद्रम के तत्कालीन जिलाधीश के. माधवन नायर ने इस कार्य को उस समय त्रिवेंद्रम के बिशप राइट रेव डॉ. डेरिएरा की मदद से कुशलतापूर्वक संपन्न करा लिया।

जल्द ही, केंद्रीय लोक-निर्माण विभाग के अधीक्षण यंत्री श्री आर.डी. जॉन ने सारे इलाक़े की काया बदल दी। सैंट मैरी माग्दालेन चर्च में थुम्बा अंतरिक्ष केंद्र का पहला कार्यालय खुला। चर्च का प्रार्थना-कक्ष मेरी पहली प्रयोगशाला बना, बिशप का कमरा मेरा डिज़ाइन एवं ड्रॉइंग कार्यालय था (आज भी, चर्च वैसे ही क़ायम है, जैसे पहले था और वर्तमान में उसमें भारतीय अंतरिक्ष संग्रहालय स्थित है)।

इसके कुछ ही अरसे बाद मुझे संयुक्त राज्य अमेरिका के नेशनल एयरोनॉटिक्स एंड स्पेस एडमिनिस्ट्रेशन (नासा) की कार्यशालाओं में साउंडिंग रॉकेट प्रक्षेपण तकनीकों के छह महीने के प्रशिक्षण कार्यक्रम में शामिल होने के लिए कहा गया। इस यात्रा से पहले मैंने रामेश्वरम् जाने के लिए कुछ दिन की छुट्टी ली। मुझे जो मौक़ा मिला था, उसकी जानकारी पाकर मेरे पिता बहुत ख़ुश थे। वे मुझे अपने साथ मस्जिद ले गए और वहाँ शुकराने की नमाज़ अता की।

जलालुद्दीन और शम्सुद्दीन मुझे बंबई एयरपोर्ट पर विदाई देने आए। बंबई जैसे बड़े शहर से उनका यह पहला सामना था, ठीक उसी तरह, जैसे कि न्यूयॉर्क जैसे महानगर से मेरा परिचय होने जा रहा था। जब जलालुद्दीन ने कहा, 'आज़ाद, हमने हमेशा तुम्हें प्यार किया और तुम पर भरोसा किया है।

हम तुम पर हमेशा गर्व करेंगे।' मेरी क्षमताओं में उनकी इस आस्था की गहराई और पवित्रता ने मेरे सब्र का बाँध तोड़ दिया और मेरी आँखों में आँसू छलछला उठे।

* * *

मैंने वर्जीनिया प्रांत में स्थित नासा के शोध-केंद्र में अपना काम सँभाला। यह मुख्यत: अत्याधुनिक एयरोस्पेस टेक्नॉलॉजी में शोध एवं विकास का केंद्र है। वहाँ से, मैं मैरीलेण्ड के गोडर्ड स्पेस फ़्लाइट सेंटर में चला गया।

मैं अमेरिका के इन संस्थानों के सांगठनिक ढाँचे से प्रभावित हुआ। वे मुझे उन लोगों द्वारा निर्मित नज़र आए, जो अपनी समस्याओं से सीधे टक्कर लेते हैं। ये लोग उस दिखावटी अहंकार से पीड़ित भी नहीं लगे, जो अनगिनत भारतीय संस्थानों की प्रभावी प्रगति में सबसे बड़ी रुकावट है।

इस अनुभव ने मेरे दिमाग़ में बाइबिल की एक घटना की याद दिला दी, जो मेरी माँ ने मुझे सुनाई थी- ख़ुदा ने जब इंसान को बनाया, तो सारे फ़रिश्तों को आदम के आगे सज्दा करने को कहा। शैतान को छोड़कर सबने सज्दा किया।

ख़ुदा ने ग़ुस्से से पूछा, 'तुमने सज्दा क्यों नहीं किया?' शैतान ने अहंकार में कहा, 'आपने मुझे आग से बनाया और आदम को मिट्टी से। क्या मैं उससे ऊँचा नहीं हुआ?'

जवाब में उसे ख़ुदा की कड़ी फटकार मिली, 'बाहर निकलो! तुम्हारे इस तिरस्कारपूर्ण घमंड के लिए जन्नत में कोई जगह नहीं।' दूसरों को अपने से कमतर मानने वाला ऐसा अहंकार कई संगठनों में फैला हुआ है। यह प्रबंधकों को अपने अधीनस्थों की बात सुनने से रोकता है और यह आदत नीचे तक चली आती है। मैंने हमेशा विचार किया है कि यदि आप लोगों को अपमानित करते हैं, तो उनसे अच्छे परिणाम की उम्मीद नहीं कर सकते। न ही उनसे सृजनात्मक होने की अपेक्षा कर सकते हैं, यदि आप उनकी योग्यताओं का सम्मान नहीं करते। दृढ़ता और रूखापन, सशक्त नेतृत्व और आक्रामकता, अनुशासन और प्रताड़ना के बीच की विभाजन-रेखा बेहद बारीक होती है, लेकिन इसे खींचा ही जाना चाहिए।

समस्याओं से निबटना अक्सर एक तकलीफ़देह प्रक्रिया होती है, जिसमें

कड़ी मेहनत की ज़रूरत होती है, इसलिए हम चीज़ों को टकराना चाहते हैं। यक़ीनन समस्याओं को हल करना सीखना हमें सफलता और विफलता में फ़र्क़ करने में मदद कर सकता है। वे हमें अपने में मौजूद साहस और बुद्धिमत्ता पर निर्भर रहना सिखाती हैं।

अपने अमेरिका दौरे के अंतिम दिनों में, मैं वर्जीनिया के पूर्वी समुद्र तट गया, जहाँ नासा द्वारा संचालित साउंडिंग रॉकेट कार्यक्रम स्थित है। वहाँ स्वागत-कक्ष में एक पेंटिंग लगी हुई है- इस तरह के केंद्र के लिए यह कोई अनोखी पेंटिंग नहीं है, क्योंकि इसमें एक युद्ध-दृश्य का चित्रण है, जहाँ पृष्ठ-भूमि में उड़ते हुए रॉकेट दिखाए गए हैं। जिस चीज़ ने मेरा ध्यान खींचा, वह यह कि रॉकेट छोड़ते हुए जो सैनिक दिखाए गए थे, वे गोरी चमड़ी वाले नहीं थे, वे गहरे रंग वाले लोग थे, जिनके नाक-नक़्श ऐसे थे, जो आमतौर पर दक्षिण भारतीय लोगों में दिखाई पड़ते हैं।

एक दिन अपनी उत्सुकता से प्रेरित होकर मैंने उस पेंटिंग को नज़दीक जाकर देखा। वह टीपू सुल्तान की सेना निकली, जो अठारहवीं शताब्दी के अंतिम सालों में ब्रिटिश ईस्ट इंडिया कंपनी के साथ युद्धरत थी। मुझे एहसास हुआ कि यहाँ, पृथ्वी के दूसरे छोर पर युद्ध में इस्तेमाल किए गए सबसे पहले रॉकेटों का गौरव-गान किया जा रहा है, जैसी कि उस महान भारतीय शासक की भविष्य-दृष्टि थी, जिसने उन्हें पहले-पहल काम में लिया, लेकिन हमारे अपने देश में यह तथ्य बहुत कम जाना या सराहा जाता है।

* * *

नासा से जब मैं वापस लौटा, उसके कुछ ही समय बाद 21 नवम्बर, 1963 को भारत का पहला रॉकेट-प्रक्षेपण संपन्न हुआ। यह 'नाइक-अपाशे' नामक एक साउंडिंग रॉकेट था और नासा में तैयार किया गया था। यह रॉकेट थुम्बा में चर्च की इमारत में असेम्बल किया गया था। रॉकेट को प्रक्षेपण-पट्टी तक लाने के लिए केवल एक ट्रक और हस्त-चलित हाइड्रॉलिक क्रेन ही उपलब्ध उपकरण थे।

प्रक्षेपण के दौरान पल-पल तनावपूर्ण रहा। जब रॉकेट को क्रेन से उठाया गया और लॉन्चर (प्रक्षेपक) पर चढ़ाया ही जाने वाला था कि उसमें झुकाव आना शुरू हो गया, यह क्रेन की हाइड्रॉलिक प्रणाली में रिसाव का संकेत था।

चूँकि प्रक्षेपण समय छह बजे का था, जो नज़दीक आता जा रहा था। क्रेन की मरम्मत के लिए समय नहीं था। सौभाग्य से रिसाव बहुत ज़्यादा नहीं था और हम अपने सामूहिक शारीरिक बल से रॉकेट को उठाने और उसे प्रक्षेपक पर स्थापित करने में सफल हो गए।

इस सर्वप्रथम 'नाइक-अपाशे' प्रक्षेपण उपक्रम में, मैं रॉकेट के एकीकरण और सुरक्षा का प्रभारी था। प्रक्षेपण में मेरे दो सहकर्मियों- डी. ईश्वरदास और आर. अर्वामुदन ने बहुत सक्रिय और महत्वपूर्ण भूमिका निभाई थी। ईश्वरदास ने रॉकेट को जोड़ने और प्रक्षेपण की व्यवस्था का काम हाथ में लिया था। अर्वामुदन, जिन्हें हम 'डैन' कहकर बुलाते थे- राडार, टेलीमेट्री (दूरी-गणना) तथा ज़मीनी सहयोग के प्रभारी थे।

हमारे लिए ख़ुशी की बात यह थी कि प्रक्षेपण बहुत आसानी से और बिना किसी दिक़्क़त के पूरा हो गया और हमें अद्‌भुत उड़ान संबंधी आँकड़े प्राप्त हुए। हम सभी ने गर्व और उपलब्धि का भाव महसूस किया।

7. अंतरिक्ष अनुसंधान को गति

थुम्बा भू-मध्यरेखीय रॉकेट प्रक्षेपण केंद्र (थुम्बा इक्वेटोरियल रॉकेट लॉन्च स्टेशन- टी.ई.आर.एल.एस.) का और अधिक विकास फ्रांस, सं.रा. अमेरिका तथा तत्कालीन सोवियत संघ रूस के सक्रिय सहयोग से हुआ। यह केंद्र भारत के एकीकृत राष्ट्रीय अंतरिक्ष कार्यक्रम की धुरी बनने जा रहा था, जहाँ स्वदेशी उपकरणों द्वारा रॉकेट-निर्माण तथा प्रक्षेपण-सुविधाएँ विकसित की जानी थीं।

भारत के अंतरिक्ष कार्यक्रम की वास्तविक यात्रा रोहिणी साउंडिंग रॉकेट (आर.एस.आर) के साथ आरंभ हुई। यह कार्यक्रम भारत में वैज्ञानिक खोज-बीन हेतु साउंडिंग रॉकेटों और उनसे संबंधित ऑन-बोर्ड प्रणालियों के विकास तथा ढाँचा निर्माण के लिए उत्तरदायी था। आर.एस.आर. कार्यक्रम के तहत व्यवहार में आने वाले साउंडिंग रॉकेटों के एक कुल-समूह का विकास किया गया। ये सभी रॉकेट व्यापक पहुँच वाली क्षमताओं के थे तथा अब तक ऐसे

सैकड़ों रॉकेट विभिन्न वैज्ञानिक और तकनीकी अध्ययनों के लिए प्रक्षेपित किए जा चुके हैं।

इन रॉकेटों के विकास से भारत पूर्णतः स्वदेशी साउंडिंग रॉकेटों के साथ-साथ उनके उच्च कार्य-क्षमता वाले ठोस ईंधन के उत्पादन में सक्षम हो गया। बीसवीं सदी में भारतीय रॉकेटों का यह विकास अठारहवीं सदी में टीपू सुल्तान द्वारा देखे गए ख़्वाब के पुनर्जन्म की तरह देखा जा सकता है।

टीपू सुल्तान जब युद्ध में शहीद हुए, तब अँग्रेज़ी फ़ौजें अपने साथ 700 रॉकेट तथा उनकी 900 उप-प्रणालियाँ लूटकर ले गईं। ये रॉकेट इंग्लैण्ड ले जाए गए और अँग्रेज़ों ने उन्हें उलट-पुलटकर दोबारा बनाकर देखा। आजकल इसे हम रिवर्स इंजीनियरिंग कहते हैं। उन दिनों कड़े पेटेन्ट क़ानून जो नहीं थे!

टीपू सुल्तान की शहादत के साथ ही भारतीय रॉकेट-विज्ञान में ठहराव आ गया, जो 150 वर्ष बाद स्वतंत्र भारत में ही फिर से गति पकड़ पाया।

इस दौर में रॉकेट टेक्नॉलॉजी ने विदेशों में बड़ी-बड़ी छलाँगें लगाईं। रूस में कॉन्सतेन्तिन त्सिओलकोव्स्की (1903), सं.रा. अमेरिका में रॉबर्ट गोडर्ड (1914), जर्मनी में हर्मन ओबर्थ (1923) ने रॉकेट प्रौद्योगिकी को नए आयाम दिए। दूसरे विश्व-युद्ध के दौरान वर्नर फ़ॉन ब्रॉन के दल ने नाज़ी जर्मनी के लिए कम दूरी की प्रभावी प्रक्षेपास्त्र मिसाइल *वी-2* का उत्पादन किया। युद्ध के बाद सं.रा. अमेरिका और तत्कालीन सोवियत संघ रूस अपनी-अपनी सेनाओं द्वारा पकड़े गए जर्मन रॉकेट इंजीनियरों को साथ ले गए। इसके साथ ही दोनों देशों के बीच ख़तरनाक हथियार दौड़ शुरू हो गई, जो कई दशक तक चलती रही।

* * *

भारत में रॉकेट-प्रौद्योगिकी के पुनर्जन्म का श्रेय तत्कालीन प्रधानमंत्री पं. जवाहरलाल नेहरू की प्रौद्योगिकी दृष्टि को जाता है। प्रो. विक्रम साराभाई ने इस सपने को साकार रूप देने का बीड़ा उठाया। एक नए-नए स्वतंत्र हुए देश में, जो अपनी विशाल आबादी को दो वक़्त खाना खिलाने में भी दिक़्क़त महसूस कर रहा था, अंतरिक्ष कार्यक्रमों की प्रासंगिकता को लेकर तमाम लोगों ने सवाल उठाए, लेकिन न तो पं. नेहरू और न ही डॉ. साराभाई के मन में ऐसे संदेह थे। उनकी दृष्टि एकदम स्पष्ट थी- यदि भारत को विश्व समुदाय में कोई सार्थक

भूमिका निभानी है, तो उसे उन्नत टेक्नोलॉजी के इस्तेमाल में किसी भी अन्य देश से पिछड़ना नहीं चाहिए।

प्रो. साराभाई हरदम नए-नए विचारों को मूर्त-रूप देने में रुचि रखते थे और इस कार्य के लिए नौजवानों को आगे करना पसंद करते थे। उनमें न सिर्फ़ यह कि कोई काम अच्छी तरह से किया जा रहा है, बल्कि यह भी कि उसे कब रुकना है, महसूस करने की समझ और निर्णय क्षमता थी। मेरी राय में, वे एक नवोन्मेषी व्यक्ति थे।

साठ के दशक की शुरुआत में इन्कॉस्पर में अक्षरशः यही स्थिति थी। हमारा अनुभवहीन, लेकिन ऊर्जावान और उत्साही युवाओं का ग्रुप था, जिसे सामान्य रूप से विज्ञान एवं तकनीक, ख़ासतौर से अंतरिक्ष अनुसंधान के क्षेत्र में भारत की आत्म-निर्भरता की भावना को आकार देने की ज़िम्मेदारी सौंपी गई थी। इन्कॉस्पर में हमारी सबसे बड़ी योग्यताएँ हमारी डिग्रियाँ और प्रशिक्षण नहीं, बल्कि हमारी क्षमताओं में प्रो. साराभाई की आस्था थी। यह विश्वास के आधार पर नेतृत्व का महान उदाहरण था।

प्रो. साराभाई का आशावाद बहुत ज़्यादा संक्रामक था। उनके थुम्बा आने की ख़बर से ही लोगों में बिजली दौड़ जाती थी और सभी प्रयोगशालाएँ, कार्यशालाएँ और डिज़ाइन-कार्यालय अंतहीन गतिविधियों से गूँजने लगते थे। लोग प्रो. साराभाई को कुछ नया, कुछ ऐसा, जो हमारे देश में पहले कभी नहीं हुआ- कोई नई डिज़ाइन, पुर्ज़ों को बनाने का नया तरीक़ा, यहाँ तक कि मामूली प्रशासनिक प्रक्रिया में कुछ नयापन करके दिखाने के उत्साह में रात-दिन काम में भिड़े रहते।

प्रो. साराभाई विचारों के खुले और उन्मुक्त आदान-प्रदान में विश्वास करते थे। शायद वे यह बात जानते थे कि भले ही कोई विशिष्ट लक्ष्य उनके सामने स्पष्ट हो, उनके दल के सदस्य किसी ऐसे लक्ष्य पर काम करने का प्रतिरोध कर सकते हैं, जिसे वे साफ़-साफ़ नहीं देख पा रहे हों। उन्हें लगता था कि किसी भी समस्या को लेकर सामूहिक समझ के बग़ैर, समूह में प्रभावी नेतृत्व दे पाना असंभव है। एक बार उन्होंने मुझसे कहा, 'मेरा काम फ़ैसले लेना है, लेकिन यह देखना भी उतना ही महत्वपूर्ण है कि क्या ये फ़ैसले मेरे दल के सदस्यों को स्वीकार हैं।'

वास्तव में प्रो. साराभाई ने एक-एक कर ऐसे अनेक फ़ैसले लिए, जो आगे

चलकर कई भारतीय वैज्ञानिकों के जीवन का मिशन बने। वे भारत में विज्ञान और टेक्नोलॉजी के क्षेत्र में नए मोर्चे खोलना चाहते थे। 'नाइक-अपाशे' के सफल प्रक्षेपण के बाद, उन्होंने भारतीय उपग्रह प्रक्षेपण यान (एस.एल.वी.) के अपने स्वप्न को हमारे साथ बाँटा।

ख़ुद अपने एस.एल.वी. और उपग्रह, वह भी साथ-साथ बहुआयामी तरीक़े से बनाने का उनका निर्णय कमाल का था। सबसे पहले उन्होंने इस मुद्दे पर अलग-अलग संस्थानों और अलग-अलग स्थानों में कार्यरत वैज्ञानिकों के साथ एक-एक बिंदु पर खुलकर विचार-विमर्श किया। मैं अक्सर यह बात कहता रहा हूँ कि उस समय की सबसे उल्लेखनीय उपलब्धि, योजनाओं में राष्ट्रव्यापी विश्वास क़ायम करना और उसे बनाए रखना रही।

* * *

संभवत: यह देखकर कि मैं अधिकार के इस्तेमाल के बजाय, लोगों से आग्रहपूर्वक वह काम करवा लेता हूँ, जो उन्हें दिए जाते हैं, प्रो. साराभाई ने मुझे पे-लोड वैज्ञानिकों को चरण अनुसार मदद देने का ज़िम्मा सौंपा। भारत की सभी भौतिक प्रयोगशालाओं को सांउडिंग रॉकेट कार्यक्रम में शामिल किया गया था- हर एक का अपना मिशन, अपने उद्देश्य, अपने अलग पे-लोड थे। तारों के निरीक्षण के लिए एक्स-रे पे-लोड, पृथ्वी की ऊपरी सतह पर गैसों के संघटन के अध्ययन, वेग की जानकारी प्राप्त करने के लिए सोडियम पे-लोड तथा उसकी विभिन्न सतहों के अनुसंधान के लिए आयन-मंडल में उपयोगी पे-लोड्स लगाए गए थे।

मुझे न केवल टी.आई.एफ़.आर., राष्ट्रीय भौतिक प्रयोगशाला (नेशनल फिजिकल लैबोरेटरी- एन.पी.एल.) एवं भौतिक अनुसंधान प्रयोगशाला (फिजिकल रिसर्च लैबोरेटरी- पी.आर.एल.) के वैज्ञानिकों के साथ, बल्कि अमेरिका, रूस, फ्रांस, तत्कालीन पश्चिम जर्मनी और जापान के पे-लोड वैज्ञानिकों के साथ भी संवाद स्थापित करना था।

मैं अक्सर ख़लील जिब्रान की रचनाएँ पढ़ता हूँ और मैंने हमेशा उनके शब्दों को बुद्धिमत्तापूर्ण पाया है। 'बिना प्रेम के पकी हुई रोटी, कड़वी होती है। वह खाई तो जाती है, लेकिन व्यक्ति की आधी भूख ही शांत कर पाती है।' जो लोग प्रेम-पूर्ण भावनाओं के साथ काम नहीं करते, वे एक खोखली,

अधूरी सफलता ही हासिल कर पाते हैं, जो मन में केवल कड़वाहट ही पैदा कर पाती है।

यदि आप एक ऐसे लेखक हैं, जो गुप्त रूप से वकील या डॉक्टर होना ज़्यादा पसंद करता है, तो आपके लिखे हुए शब्द पाठक की आधी भूख ही शांत कर पाएँगे, यदि आप एक शिक्षक हैं, जिसे कोई व्यवसायी होना चाहिए था, तो आपका अध्यापन छात्रों के ज्ञान की आधी ज़रूरत ही पूरी कर पाएगा। यदि आप एक वैज्ञानिक हैं, जो विज्ञान से ही नफ़रत करता है, तो आपका काम आपके मिशन की आधी ज़रूरतें ही पूरी कर पाएगा। अपने काम से भावनात्मक रूप से इस क़दर जुड़ जाना कि कामयाबी की राह में आने वाली कोई भी बाधा आपको दुःख से भर दे, बेहद महत्वपूर्ण है।

मैंने ऐसे कई लोगों के साथ काम किया है, जिनका अपने काम के प्रति समर्पण मिसाल देने लायक़ है। ऐसे ही एक शख़्स थे प्रो. ओदा, जो जापान के इन्स्टीट्यूट ऑफ़ स्पेस एंड एयरोनॉटिकल साइंसेज़ (आई.एस.ए.एस.) में एक्स-रे पे-लोड वैज्ञानिक थे। मैं उन्हें छोटे क़द, किंतु विशाल व्यक्तित्व और बौद्धिकता से चमचमाती आँखों वाले शख़्स के रूप में याद करता हूँ। वे अपने साथ जो एक्स-रे पे-लोड्स लेकर आए थे, उन्हें मेरी टीम *रोहिणी* उपग्रह के अगले हिस्से में फ़िट हो सकने लायक़ बनाती थी।

एक दिन जब मैं प्रो. ओदा द्वारा लाए गए पे-लोड में अपनी टाइमर डिवाइस लगा रहा था, तो उन्होंने जापान से साथ में लाए गए टाइमर लगाने पर ज़ोर दिया। मुझे वे हल्की क़िस्म के लगे, किंतु प्रो. ओदा अपने मत पर डटे रहे कि भारतीय टाइमर्स हटाकर जापानी टाइमर्स ही लगने चाहिए। मैंने उनका सुझाव मान लिया और टाइमर्स बदल दिए।

जब रॉकेट छोड़ा गया, तब वह शानदार तरीक़े से ऊपर उठा और अपेक्षित ऊँचाई तक पहुँच गया। हालाँकि जल्द ही दूरमापीय संकेतों से पता चला कि टाइमर की गड़बड़ी की वजह से अभियान विफल हो गया। इस ख़बर से प्रो. ओदा इतने विचलित हुए कि उनकी आँखों में आँसू आ गए। मैं प्रो. ओदा की भावुक प्रतिक्रिया की तीव्रता देखकर स्तब्ध रह गया। वे अपने काम के सही परिणाम पाने की चिंता आत्मा की गहराई तक करते थे।

टी.ई.आर.एल.एस. में मैं, पे-लोड निर्माण के विभिन्न चरणों तथा रॉकेट के टूटकर अलग हो सकने वाले अगले हिस्से जैसी उप-प्रणालियों के निर्माण में

भी शामिल रहा। रॉकेट के अगले हिस्से (नोज़ कोन) पर कार्य करने के अनुभव ने एक स्वाभाविक परिणामस्वरूप मुझे मिश्रित धातुओं के क्षेत्र की ओर अग्रसर कर दिया।

यह जानना रोचक है कि पुरातात्विक स्थलों की खुदाई में प्राप्त धनुषों से यह उजागर हुआ है कि भारतीय उपमहाद्वीप के लोग ग्यारहवीं सदी से ही लकड़ी, पशु-स्नायुतंतु और सींग के मिश्रण से बने धनुष इस्तेमाल करने लगे थे- मध्यकालीन यूरोप में इस तरह के धनुषों के निर्माण से कम से कम पाँच सौ साल पहले! मैं इन मिश्रित पदार्थों की विविधता से इतना अधिक उत्साहित था कि उनके बारे में सब कुछ एक ही रात में जान लेना चाहता था!

* * *

धीमे-धीमे लेकिन सुनिश्चित तरीक़े से थुम्बा में दो भारतीय रॉकेटों का जन्म हुआ। उनके नाम इंद्र की सभा की दो पौराणिक नर्तकियों के नाम पर *रोहिणी* एवं *मेनका* रखे गए। यह भी एक बहुत बड़ी उपलब्धि थी कि भारतीय पे-लोड्स को फ़्रेंच रॉकेटों से प्रक्षेपित करने की अब ज़रूरत नहीं रही थी।

क्या यह सब परस्पर विश्वास और प्रतिबद्धता के उस माहौल के बिना संभव था, जो प्रो. साराभाई ने इन्कॉस्पर में निर्मित किया था? उन्होंने हर व्यक्ति के ज्ञान और कौशल का उपयोग किया, जिससे स्टाफ़ के हर सदस्य को समस्या-समाधान में सीधे-सीधे जुड़े होने का एहसास होता था। इसके साथ ही साथ, यदि उन्हें पता चलता कि हम में से किसी पर भी काम का बोझ ज़्यादा है या कोई व्यक्ति ज़रूरी सामर्थ्य या हुनर के बिना ही कोई काम करने की कोशिश कर रहा है, तो वे हमारी कार्य-गतिविधियों को दोबारा बाँट देते थे, ताकि हम पर दबाव कम हो सके और हमें अपना काम बेहतर करने में मदद मिल सके।

20 नवंबर, 1967 को पहला *रोहिणी-75* रॉकेट टी.ई.आर.एल.एस. से छोड़े जाने के समय तक हम में से हरेक, एक पारिवारिक साँचे में ढल चुका था।

8. रक्षा-टेक्नोलॉजी और अंतरिक्ष-अनुसंधान का संतुलन

अगले साल की शुरुआत में ही प्रो. साराभाई ने मुझे तत्काल दिल्ली मिलने के लिए बुलाया। इस समय तक मैं उनके काम करने के असामान्य तरीक़ों और प्रेरक भावों से अच्छी तरह से वाक़िफ़ हो चुका था। दिल्ली पहुँचकर, मैंने प्रो. साराभाई के सचिव से मुलाक़ात का समय माँगा और मुझे अगली सुबह, तड़के 3:30 बजे उनसे होटल अशोका में मिलने को कहा गया। यह जगह मेरे लिए कुछ हद तक अपरिचित और दक्षिणी भारत के गर्म, उमस-भरे वातावरण में रहने के आदी मुझ-जैसे व्यक्ति के लिए ग़ैर-दोस्ताना ठंडे वातावरण वाली थी। मैंने रात के खाने के बाद होटल के लाउंज में ही इंतज़ार करने का फ़ैसला किया।

मैं होटल के भव्य लाउंज को निहारता रहा। पास रखे सोफ़े पर कोई व्यक्ति एक किताब छोड़ गया था। मैंने किताब उठा ली और उसके पन्ने पलटने लगा। यह व्यवसाय-प्रबंधन से संबंधित एक लोकप्रिय पुस्तक थी। मैं पन्ने पलटते-पलटते, पैराग्राफ़ छोड़ते हुए इस पर सरसरी नज़र दौड़ा रहा था। अचानक मेरी दृष्टि एक ख़ास अंश पर पड़ी। यह जॉर्ज बर्नार्ड शॉ का एक उद्धरण था। यह अंश मुझे अच्छी तरह याद है।

यह उदाहरण कहता है कि सभी ग़ैर-दुनियादार व्यक्ति अपने को संसार के अनुरूप ढाल लेते हैं। केवल कुछ लोग ही संसार को अपने अनुरूप ढालने की कोशिश करते हैं। संसार की सारी प्रगति इन्हीं ग़ैर-दुनियादार लोगों तथा उनके नए और अक्सर क्रांतिकारी कार्यों पर निर्भर होती है।

मैंने किताब पढ़नी शुरू की। उस अंश में उद्योग और व्यवसाय-जगत के आसपास बुनी गई कुछ भ्रांतियों का ज़िक्र था, मसलन रणनीतिक योजना की कल्पना। लेखक की राय थी कि किसी परियोजना-प्रबंधक के लिए ज़रूरी है कि वह अनिश्चितता और अस्पष्टता के साथ जीना सीखे। इसी तरह से यह भ्रांति कि बड़ी जीत के लिए व्यक्ति को त्रुटि-रहित, समुचित परिस्थितियाँ निर्मित करनी चाहिए। ऐसी कल्पना व्यक्ति को केवल काग़ज़ पर ही जीत दिला सकती है, लेकिन वास्तविक रूप से भ्रमित दुनिया में उसे सुनिश्चित हार ही

नसीब होती है।

मुझे तब एहसास हुआ कि यह हमारे अंतरिक्ष कार्यक्रम की सच्चाई भी हो सकती है। एक मुलाक़ात के लिए होटल की लॉबी में रात को एक बजे इंतज़ार करना निश्चय ही तर्क-संगत नहीं था, न तो मेरे लिए और न ही प्रो. साराभाई के लिए, लेकिन वे तो अपने तौर-तरीक़ों में हमेशा ही रूढ़ि-विरोधी थे। कर्मचारियों की कमी और काम का बोझ होने के बावजूद वे सफलतापूर्वक देश का अंतरिक्ष अनुसंधान प्रतिष्ठान संचालित कर रहे थे।

अचानक मुझे एक दूसरे व्यक्ति के वहाँ होने का आभास हुआ, जो आया और मेरे सामने वाले सोफ़े पर बैठ गया। वह एक सुगठित शरीर वाला व्यक्ति था और बुद्धिमान एवं संभ्रांत दिखाई दे रहा था। अस्त-व्यस्त पहनावे की मेरी आदत के विपरीत, वह व्यक्ति शानदार कपड़े पहने हुए था और अजीबोग़रीब वक़्त होने के बावजूद वह चौकन्ना था।

इससे पहले कि मैं दोबारा किताब शुरू करता, मुझे सूचित किया गया कि प्रो. साराभाई मुझसे मिलने के लिए तैयार हैं। मैंने किताब सोफ़े पर उसी जगह छोड़ी, जहाँ से मैंने उसे उठाया था। मुझे ताज्जुब हुआ, जब सामने वाले सोफ़े पर बैठे शख़्स को भी मेरे साथ ही अंदर आने को कहा गया। वह कौन था?

हम बैठ पाते उसके पहले ही, प्रो. साराभाई ने हमें एक-दूसरे का परिचय दे दिया। वे दूसरे व्यक्ति भारतीय वायुसेना के ग्रुप कैप्टन, वी.एस. नारायणन थे। प्रो. साराभाई ने हम दोनों के लिए कॉफ़ी लाने का आदेश दिया और सैनिक-विमानों के लिए रॉकेट सहायता प्राप्त टेक-ऑफ़ प्रणाली (रॉकेट-असिस्टेड टेक-ऑफ़ सिस्टम-रैटो) के विकास के लिए अपनी योजना का खुलासा किया। यह प्रणाली हमारे युद्धक विमानों को हिमालय-क्षेत्र में छोटी उड़न-पट्टियों से उड़ान भरने में सहायक होने वाली थी। संक्षिप्त बातचीत के बीच हमें कॉफ़ी दी गई। हमने कॉफ़ी ख़त्म ही की थी कि प्रो. साराभाई उठे और हमें अपने साथ नई दिल्ली के बाहरी इलाक़ों में स्थित तिलपत रेंज चलने को कहा।

भारतीय वायुसेना को अपने *एस-22* और *एच.एफ़.-24* विमानों के लिए बड़ी संख्या में रैटोमोटरों की सख़्त ज़रूरत थी। रैटोमोटरें विमानों पर उन्हें अतिरिक्त बल देने के लिए लगाई जाती हैं, ताकि वे विपरीत परिस्थितियों में उड़ान भर सकें- मसलन बमबारी से छुटपुट क्षतिग्रस्त उड़न-पट्टियाँ,

अधिक ऊँचाई पर स्थित हवाई क्षेत्र, अनुशंसा से अधिक भार या अत्यंत ऊँचे तापक्रम पर।

* * *

रैटोमोटरों पर काम आगे बढ़ने के दौरान दो महत्वपूर्ण बातें और हुईं- पहली यह कि देश में अंतरिक्ष अनुसंधान के एक दशक के कामकाज पर प्रो. साराभाई द्वारा तैयार की गई एक रूपरेखा जारी की गई। यह केवल एक कार्य-योजना ही नहीं, बल्कि खुली बहस के उद्देश्य से तैयार किया गया एक थीम-पेपर भी था, जिसे बाद में एक कार्यक्रम का रूप दिया जाना था।

योजना मुख्यत: उन्हीं शुरुआती विचारों पर केंद्रित थी, जिनका जन्म इन्कॉस्पर में हुआ था। इनमें टेलीविज़न और विकास-परक शिक्षा, मौसम-विज्ञान संबंधी निरीक्षणों तथा प्राकृतिक संसाधनों के प्रबंधन के लिए दूर-संवेदी अध्ययनों हेतु उपग्रहों का इस्तेमाल करना भी शामिल था। साथ ही अब पृथ्वी की निचली कक्षा में स्थापित किए जाने वाले उपग्रहों हेतु, उपग्रह-प्रक्षेपण यानों के विकास और उनको प्रक्षेपित करना तथा भारतीय उपग्रहों का मूल्य-वर्द्धन और समोन्नति भी जुड़ गए थे।

आज हम भारतवासी इनमें से ज़्यादातर विकास-चरणों को बहुत अधिक स्वाभाविक मानते हैं, जो कि प्रो. साराभाई के दूरदर्शी गुणों का प्रमाण है। नई योजना में सक्रिय अंतरराष्ट्रीय सहायता, जिसे सालों से ज़रूरी समझा जाता रहा था, को कमोबेश नकार दिया गया था और आत्म-निर्भरता एवं स्वदेशी टेक्नोलॉजी पर ज़ोर दिया गया था। सारी बातों से ऊपर, एक पर्याप्त आधारभूत ढाँचे के विकास का स्वप्न था, जो इंजीनियरिंग एवं विज्ञान की विभिन्न शाखाओं में अनुसंधान एवं विकास (रिसर्च एंड डेवलपमेंट-आर. एंड टी.) को मदद देने में सक्षम था।

दूसरी प्रगति थी रक्षा मंत्रालय में मिसाइल पैनल का गठन। नारायणन और मैं, दोनों को इसमें बतौर सदस्य शामिल किया गया था। हमने तकनीकी क्षेत्र में विकसित देशों में बनाई गई मिसाइलों के अध्ययन में काफ़ी समय ख़र्च किया।

वह क्या फ़र्क़ है, जो एक साउंडिंग रॉकेट को एक उपग्रह प्रक्षेपण-यान से और इन दोनों को एक मिसाइल से अलग करता है? वास्तव में ये तीनों ही

रॉकेटों के विभिन्न प्रकार हैं।

साउंडिंग रॉकेट आमतौर पर वायुमंडल के उच्च क्षेत्र के साथ पृथ्वी के नज़दीकी पर्यावरण के अध्ययन हेतु प्रयोग किए जाते हैं। जहाँ वे कई प्रकार के वैज्ञानिक पे-लोड्स को अलग-अलग ऊँचाई तक ले जा सकते हैं, वहीं पे-लोड को पृथ्वी की कक्षा में स्थापित करने के लिए आवश्यक अंतिम वेग प्रदान नहीं कर सकते।

दूसरी ओर, एक प्रक्षेपण-यान को टेक्नोलॉजिकल पे-लोड अथवा उपग्रह को पृथ्वी की कक्षा में स्थापित करने हेतु डिज़ाइन किया जाता है। प्रक्षेपण-यान का अंतिम चरण उपग्रह को उसकी तय कक्षा में प्रवेश करने हेतु आवश्यक वेग प्रदान करता है। यह एक जटिल अभियान होता है, जिसमें ऑन-बोर्ड मार्गदर्शन तथा नियंत्रण प्रणालियों की ज़रूरत होती है।

एक मिसाइल हालाँकि इन्हीं दोनों के वर्ग का ही उपकरण है, तब भी यह एक ज़्यादा जटिल प्रणाली है। अत्यधिक अंतिम वेग, ऑन-बोर्ड निर्देशन तथा नियंत्रण प्रणालियों के अतिरिक्त इसमें सुनिश्चित लक्ष्य को भेद सकने की क्षमता भी होनी चाहिए। जब इसका लक्ष्य तेज़ गति हो और प्रतिरोधात्मक कार्रवाई करने में सक्षम हो, तब मिसाइल में लक्ष्य को ढूँढ़ सकने की क्षमता भी होनी चाहिए।

नारायणन रूसी मिसाइल कार्यक्रम की ताक़तवर पहुँच के बहुत बड़े प्रशंसक थे। वे स्वदेशी- निर्देशित मिसाइलों को लेकर भी अत्यंत उत्साहित थे।

दो युद्धों (1962 में चीन और 1965 में पाकिस्तान के साथ) के कड़वे सबक़ ने भारतीय नेतृत्व के सामने सैनिक साज़-ओ-सामान एवं हथियारों के मामले में आत्म-निर्भरता हासिल करने के अलावा कम ही विकल्प छोड़े थे। रणनीतिक ठिकानों की रक्षा के लिए तत्कालीन सोवियत संघ से बड़ी संख्या में ज़मीन से हवा में मार करने वाली मिसाइलें (सरफ़ेस-टु-एअर मिसाइलें-सैम) प्राप्त की गई थीं। नारायणन ने इन मिसाइलों को देश में ही विकसित करने की उत्साहपूर्ण वकालत की थी।

प्रो. साराभाई के साथ तिलपत रेंज के उस सुबह तड़के के दौरे के बाद से ही श्री नारायणन हमेशा रैटो मोटर को लेकर ही व्यस्त रहते थे। उन्होंने हर ज़रूरी सामान का इंतज़ाम, माँगे जाने के पहले ही कर दिया। वे इस कार्य के

लिए शुरुआती फ़ंडिंग के तौर पर रक्षा मंत्रालय से 75 लाख रु. स्वीकृत करा लाए- इस वादे के साथ कि कोई भी आकस्मिक ख़र्चे पूरे किए जाएँगे।

'आपको जो भी सामग्री चाहिए मैं आपको लाकर दे सकता हूँ, लेकिन आपको मुझसे यह वादा करना ही होगा कि आप कभी भी अतिरिक्त समय नहीं माँगेंगे', उन्होंने कहा। मैं उनकी इस अधीरता पर अक्सर हँस पड़ता था।

उन दिनों रक्षा अनुसंधान तथा विकास, आयातित विदेशी कलपुर्ज़ों पर बहुत ज़्यादा निर्भर था। तक़रीबन कोई भी स्वदेशी सामान उपलब्ध नहीं था। हमने मिलकर ख़रीदारी के लिए एक लंबी सूची तैयार की और एक आयात-योजना बनाई, लेकिन इसने मुझे दुःखी कर दिया... क्या इसका कोई इलाज या अन्य विकल्प नहीं है? क्या भारत जैसा ग़रीब देश इस तरह के विकास का ख़र्च बर्दाश्त कर सकता है?

एक दिन जब मैं कार्यालय में देर रात काम कर रहा था- रैटो परियोजना अपने हाथ में लेने के बाद यह एक नियमित तरीक़ा बन गया था- मैंने एक युवा सहकर्मी जयचंद्र बाबू को देखा, जो कुछ महीने पहले ही हमारे साथ जुड़े थे। मैंने उन्हें अपने कार्यालय में बुलाया और इन सारी समस्याओं पर उनसे चर्चा की।

'क्या आपके पास कोई सुझाव है?' मैंने उनसे पूछा। बाबू कुछ देर चुप रहे और फिर मेरे सवाल का जवाब देने के लिए उन्होंने एक दिन का वक़्त माँगा।

अगली शाम, बाबू का चेहरा विश्वास के तेज से चमक रहा था- 'हम यह कर सकते हैं, सर! रैटो प्रणाली आयातित उपकरणों के बिना बनाई जा सकती है।'

उन्होंने कुछ रियायतें माँगीं, जैसे पूरे तंत्र के बजाय एक ही व्यक्ति द्वारा वित्तीय स्वीकृति, काम में लगे हर व्यक्ति के लिए हवाई यात्रा, सामान हवाई-परिवहन से मँगाना, फुटकर सामान के ठेके निजी क्षेत्र को, सामान मँगाने के आदेश तकनीकी योग्यता के आधार पर देना तथा सरल एवं शीघ्रलेखा-प्रक्रियाएँ अपनाना, ये सारी माँगें हमारे कामकाज को सुचारु बनाने के लिए थीं।

सरकारी संस्थानों में इस तरह की माँगें सुनी तक नहीं गई थीं, जो कि लालफीताशाही में जकड़े हुए और बेहद रूढ़िवादी हैं। इसके बावजूद मैं उनके

प्रस्ताव की मज़बूती को समझ सकता था। रैटो परियोजना नई थी और इसमें कुछ ग़लत नहीं था, यदि इसे नए नियम-क़ायदों के साथ लागू किया जाता। मैंने इसके सारे गुण-दोषों को तौला-परखा और आख़िरकार उन्हें प्रो. साराभाई के आगे रख दिया। उन्होंने उसकी ख़ूबियों से सहमत होते हुए, पल-भर सोचे बग़ैर, प्रस्ताव को मंजूर कर दिया।

बाबू ने विकासात्मक कार्यों में बुद्धिमत्तापूर्ण व्यापारिक पद्धतियों के महत्व को रेखांकित किया था। बदनसीबी से, वे हमारे साथ लंबे समय तक नहीं रहे और बेहतर वेतन की ख़ातिर नाइजीरिया चले गए। वित्तीय मामलों में मैं बाबू के सहज-बोध को कभी नहीं भूल सकता।

9. उपग्रह के स्वप्न

फ़रवरी, 1969 में तत्कालीन प्रधानमंत्री श्रीमती इंदिरा गाँधी टी.ई. आर.एल.एस. को अंतरराष्ट्रीय विज्ञान बिरादरी को समर्पित करने थुम्बा पधारीं। इस मौक़े पर उन्होंने हमारी प्रयोगशाला में देश की पहली फ़िलामेंट वाइंडिंग मशीन औपचारिक रूप से चालू की। यह घटना मेरे दल के लिए, जिसमें सी.आर. सत्या, पी.एन. सुब्रह्मण्य और एम.एन. सत्यनारायण शामिल थे, अपार संतोष लेकर आई।

1969 में प्रो. साराभाई ने भी देश के अपने उपग्रह बनाने और उन्हें प्रक्षेपित करने के काम में, पूरी ऊर्जा के साथ आगे बढ़ने का निर्णय किया और पूर्वी समुद्री तट पर एक संभावित स्थल के हवाई सर्वेक्षण में भाग लिया। उन्होंने पूर्वी तट पर अपना ध्यान इसलिए केंद्रित किया, ताकि प्रक्षेपण-यान को पृथ्वी के पश्चिम से पूर्व की ओर घूमने का पूरा-पूरा लाभ मिल सके। उन्होंने आख़िरकार मद्रास से कई सौ किलोमीटर उत्तर की ओर स्थित श्री हरिकोटा टापू का चयन किया। इस तरह एस.एच.ए.आर. (शार) रॉकेट प्रक्षेपण केंद्र का जन्म हुआ। इस अर्द्ध-चंद्राकार द्वीप की अधिकतम चौड़ाई आठ किलोमीटर है और यह समुद्र तट के क़रीब स्थित है। क्षेत्रफल में यह लगभग मद्रास शहर के बराबर है।

1968 में हमने भारतीय रॉकेट समिति (इंडियन रॉकेट सोसायटी-

आईआरएस) का गठन किया। कुछ दिन बाद ही भारतीय राष्ट्रीय विज्ञान अकादमी (इंडियन नेशनल साइंस एकेडमी-इन्सा) के तहत, बतौर एक सलाहकार इन्कॉस्पर का पुनर्गठन हुआ तथा देश में अंतरिक्ष अनुसंधान संचालित करने के लिए, परमाणु ऊर्जा विभाग (डिपार्टमेंट ऑफ़ एटॉमिक एनर्जी-डीएई) के तहत भारतीय अंतरिक्ष अनुसंधान संगठन (इंडियन स्पेस रिसर्च ऑर्गेनाइज़ेशन-इसरो) का गठन किया गया।

इस समय तक प्रो. साराभाई भारतीय एस.एल.बी. के अपने स्वप्न को आकार देने के लिए एक दल का चुनाव पहले ही कर चुके थे। यह उपग्रह प्रक्षेपण-यान एस.एल.वी.-3 के नाम से जाना गया। मैं अपने को ख़ुशक़िस्मत मानता हूँ कि मुझे इस परियोजना के नेतृत्व के लिए चुना गया। प्रो. साराभाई ने मुझे एस.एल.वी.-3 के चौथे चरण की डिज़ाइनिंग की अतिरिक्त ज़िम्मेदारी भी दी थी। अन्य तीन चरणों की डिज़ाइनिंग का काम डॉ. वी.आर. गोवारीकर, श्री एम.आर. कुरुप और श्री मुथुनायगम को दिया गया था।

एक प्रोजेक्ट मैनेजर के रूप में मैं हमेशा से मानता रहा हूँ कि परिपूर्णता का मूल्य बहुत अधिक होता है और इसलिए ग़लतियों को सीखने की प्रक्रिया के एक हिस्से के रूप में स्वीकार किया। परिपूर्णता के लिए मैं थोड़ी साहसिकता और हठ को ज़्यादा पसंद करता हूँ। मैं अपने दल के सदस्यों के सीखने को हमेशा समर्थन देता रहा हूँ, भले ही उनकी कोशिशें सफल रही हों या असफल।

मैंने चौथे चरण की नींव चुनौतियों की ज़मीन पर रखी। हालाँकि मैंने अपने सहकर्मियों को वे सारी सूचनाएँ उपलब्ध करा दी थीं, जो चौथे चरण के लिए ज़रूरी थीं। मैंने महसूस किया कि सहयोग के माध्यम के रूप में, वास्तविक मददगार होने के लिए मैं पर्याप्त समय नहीं दे सका, लेकिन यदि मेरे अपने समय-प्रबंधन के तौर-तरीक़ों में कोई कमी होती, तो मुझे आश्चर्य होता।

ऐसे समय, प्रो. साराभाई हमारे कार्यस्थल पर एक फ़्रांसीसी अतिथि को लेकर आए। वे सज्जन थे, सीएनईएस (सेन्त्रे नेशनल दे एतुदेस स्पाशिएल्स) के अध्यक्ष डॉ. क्यूरिएन, जो फ़्रांस में हमारा (इसरो का) समकक्ष था। वे उस समय *डायमॉन्ट* लॉन्च व्हीकल विकसित कर रहे थे।

डॉ. क्यूरिएन पूरी तरह एक पेशेवर व्यक्ति थे। प्रो. साराभाई और डॉ. क्यूरिएन, दोनों ने मिलकर मुझे एक लक्ष्य निर्धारित करने में मदद की। उन

साधनों पर चर्चा की, जिनके द्वारा मैं इसे हासिल कर सकता था और मुझे असफलता की संभावनाओं को लेकर सचेत भी किया। इसने मुझे चौथे चरण की समस्याओं के प्रति अच्छी तरह सावधान रहने में मदद की। डॉ. क्यूरिएन हमारे सुनियोजित प्रयास से इतने प्रभावित थे कि उन्होंने जानना चाहा कि क्या हम *डायमॉन्ट* का चौथा चरण भी तैयार कर सकते हैं? प्रो. साराभाई इस सुझाव पर मुस्करा दिए। दरअसल, *डायमॉन्ट* और एस.एल.वी.-3 के विमान-ढाँचों में कोई अनुरूपता नहीं थी और उनमें कई बड़े परिवर्तन ज़रूरी थे।

हमने एस.एल.वी.-3 और *डायमॉन्ट* के चौथे चरण पर साथ-साथ काम शुरू कर दिया। मैंने सहकर्मियों को इंजीनयरिंग और डिज़ाइन पर हाथ से लिखे नोट्स दिए, इस अनुरोध के साथ कि पाँच से दस दिन के भीतर इस पर निश्चित रूप से काम शुरू हो जाना चाहिए। मैंने यह भी सुनिश्चित किया कि टीम हर हफ़्ते कम से कम एक बार ज़रूर मिले। हालाँकि इसमें समय और ऊर्जा दोनों लगते, पर मैं इसे ज़रूरी मानता था। यह तरीक़ा आश्चर्यजनक रूप से कारगर रहा। डॉ. क्यूरिएन ने माना कि साल भर के समय में हमने जो कुछ हासिल कर लिया, वह यूरोप में कार्यरत हमारे समकक्ष शायद तीन साल में भी नहीं कर पाते!

एक नेता कितना अच्छा है? उतना ही अच्छा, जितनी प्रतिबद्धता एवं सहभागिता वह अपनी टीम से प्राप्त करता है। काम में- परिणाम, अनुभव, छोटी-छोटी सफलताएँ या ऐसी ही अन्य चीज़ें, जो कुछ भी प्रगति होती उसके लिए पूरी टीम को साथ में लेना- मुझे लगता कि अपना सारा मूल्यवान समय और ऊर्जा इसी में लगा दूँ। उस प्रतिबद्धता और उस टीम-वर्क की भावना के सामने थोड़े-बहुत समय की हानि बहुत छोटी-सी क़ीमत थी। मेरे अपने लोगों के छोटे-से समूह के भीतर ही मैंने नेतागण पाए और सीखा कि नेता हर स्तर पर मौजूद होते हैं। यह एक अन्य महत्वपूर्ण सबक़ था।

मैं ख़ुद यह देखने के लिए कि क्या उनमें निरंतर प्रयोग करते रहने की इच्छा है, अपने सहयोगियों पर सावधानीपूर्वक नज़र रखता था। मैंने हर उस व्यक्ति की बात सुनना भी शुरू किया, जिसमें मुझे थोड़ी-बहुत भी उम्मीद नज़र आती। हम एस.एल.वी.-3 के चौथे चरण की डिज़ाइन को *डायमॉन्ट* हवाई ढाँचे के अनुरूप ढालने के काम में जुटे रहे। दो साल की कोशिशों के बाद, जब हम इसे सी.एन.ई.एस. को सौंपने ही जा रहे थे, फ्रांसीसियों ने अचानक यह

कहते हुए कि अब उन्हें हमारी डिज़ाइन की और ज़रूरत नहीं है, इस कार्यक्रम को रद्द कर दिया। यह एक बहुत बड़ा आघात था, जिसने मेरी पहले की उन तमाम हताशाओं को दोबारा ज़िंदा कर दिया, जिनका सामना मैंने देहरादून में भारतीय वायुसेना में प्रवेश पाने में असफल रहने पर और बैंगलोर में ए.डी.ई. में *नंदी* परियोजना बीच में ही रोक देने पर किया था।

मैंने चौथे चरण के काम से बड़ी उम्मीदें लगाईं और तमाम कोशिशें भी की थीं, ताकि यह *डायमॉन्ट* रॉकेट के साथ उड़ान भर सके। रॉकेट को आगे बढ़ाने की दिशा में काफ़ी काम बाक़ी रहने की वजह से एस.एल.वी. के अन्य तीन चरण कम से कम पाँच साल दूर थे। बहरहाल, मुझे *डायमॉन्ट* के कारण उत्पन्न अपनी हताशा भुला देने में ज़्यादा वक़्त नहीं लगा। तमाम बातों के बावजूद, इस परियोजना पर काम करते हुए मैंने पूरी तरह से आनंद उठाया था। इस बीच *डायमॉन्ट* ने मेरे भीतर जो शून्य पैदा कर दिया था, उसे रैटो ने भर दिया।

* * *

जब रैटो-परियोजना परवान चढ़ रही थी, एस.एल.वी. परियोजना ने धीमे-धीमे आकार लेना शुरू कर दिया। थुम्बा में अब तक प्रक्षेपण-यान की सभी प्रमुख प्रणालियों को सँभालने की क्षमता स्थापित हो चुकी थी। प्रो. साराभाई ने फिर एक बार टीम निर्माण में अपनी महारत प्रदर्शित की। एक मौक़े पर उन्हें एक ऐसे व्यक्ति को खोजना था, जिसे एस.एल.वी.-3 की दूर निर्देश प्रणाली की ज़िम्मेदारी दी जाना थी। इस काम को पूरा करने के लिए दो सक्षम व्यक्ति थे- एक थे पूर्ण अनुभवी एवं योग्य श्री यू.आर. राव और दूसरे थे अपेक्षाकृत रूप से कम परिचित श्री जी. माधवन नायर। मैं श्री माधवन नायर के समर्पण एवं योग्यताओं से बेहद से प्रभावित था, लेकिन मुझे उनके बहुत अच्छे अवसर नज़र नहीं आते थे।

प्रो. साराभाई के एक नियमित दौरे में श्री माधवन नायर ने लीक से हटकर, अपनी जोड़-जुगाड़ कर बनाई, किंतु अत्यंत भरोसेमंद दूर-निर्देश प्रणाली का प्रदर्शन कर दिखाया। प्रो. साराभाई ने इस युवा प्रयोगकर्ता को एक स्थापित विशेषज्ञ पर वरीयता देने में ज़्यादा वक़्त नहीं लिया। श्री माधवन नायर न सिर्फ़ अपने नायक की अपेक्षाओं पर खरे उतरे, बल्कि उनसे कहीं आगे निकल गए। और बाद में वे ध्रुवीय उपग्रह प्रक्षेपण-यान परियोजना के निदेशक बने।

10. एक युग का अंत

ग़लतियों को लेकर प्रो. साराभाई का रुख़ इस मान्यता पर आधारित था कि वे अपरिहार्य हैं, लेकिन आमतौर पर उनसे निबटा जा सकता है। एक बार जब वे थुम्बा के अपने कामकाजी दौरों में से एक पर आए, तो उन्हें नोज़-कोन जेटीसनिंग मैकेनिज़्म (रॉकेट के अगले हिस्से को नियंत्रित विस्फोट द्वारा अलग करने की यांत्रिक प्रणाली) का संचालन करके दिखाया गया। हमने प्रो. साराभाई से इस प्रणाली को औपचारिक रूप से चालू करने की गुज़ारिश की। हमारी बदनसीबी, जब उन्होंने बटन दबाया, तो कोई हरकत ही नहीं हुई। हम स्तब्ध थे। क्षण भर के भीतर ही, हम में से हर एक ने इस चूक की मन ही मन समीक्षा कर डाली।

हमने उनसे कुछ एक मिनट रुकने का अनुरोध किया और कुछ तार दोबारा जोड़कर देखे। जब उन्होंने दूसरी बार बटन दबाया, तो प्रणाली के तापीय अंग शुरू हो गए और रॉकेट का अगला हिस्सा अलग हो गया। प्रो. साराभाई ने हमें बधाई दी, लेकिन उनके चेहरे का भाव ज़ाहिर कर रहा था कि उनके विचार किसी और ही जगह पर थे। यह रहस्य ज़्यादा देर तक नहीं चला और मुझे प्रो. साराभाई के सचिव का फ़ोन मिला, जिसमें उन्होंने मुझसे रात के खाने के बाद एक महत्वपूर्ण चर्चा के लिए प्रो. साराभाई से मिलने को कहा।

इस बुलावे से मैं थोड़ा-सा सहमा हुआ था। प्रो. साराभाई ने अपनी चिर-परिचित गर्मजोशी से कोवलम पैलेस होटल में मेरा स्वागत किया- जब कभी वे त्रिवेंद्रम आते थे, तो प्राय: यही उनका घर हुआ करता था। उन्होंने रॉकेट प्रक्षेपण केंद्र सुविधाएँ, मसलन- प्रक्षेपण-तल, कलपुर्ज़ों की गढ़ाई की कार्यशाला, राडार, टेलीमीटर वग़ैरह-वग़ैरह पर बात की। वे चीज़ें, जिन्हें आजकल भारतीय अंतरिक्ष अनुसंधान में अति-स्वाभाविक माना जाता है। इस सबके बाद वे उस घटना पर आए, जो उस सुबह हुई थी।

यह ठीक वही बात थी, जिसका मुझे डर था, लेकिन मेरे नायक की ओर से दोषारोपण नहीं हुआ। बजाय इसके उन्होंने समस्या की जड़ पर उँगली रख दी। हमारे पास अपने रॉकेटों के सभी चरणों तथा रॉकेट प्रणालियों के लिए एक ही छत के नीचे प्रणाली एकीकरण की व्यवस्था नहीं थी। एक-दूसरे से नितांत

विद्युतीय एवं यांत्रिक कार्यों के साथ लाने के लिए कोई कोशिश नहीं हुई थी। प्रो. साराभाई ने अगला एक घंटा हमारे कामों को पुनः निर्धारित करने में लगाया और सुबह होते-होते रॉकेट इंजीनियरिंग कक्ष की स्थापना करने का निर्णय ले लिया गया।

ग़लतियाँ व्यक्तियों और संस्थानों के उद्देश्यों की समुचित प्राप्ति में देरी या रुकावट पैदा कर सकती हैं, लेकिन प्रो. साराभाई जैसे द्रष्टा ग़लतियों का उपयोग भी नए विचारों को प्रोत्साहित करने में कर लेते थे। अनुभवों के द्वारा, मैंने महसूस किया कि ग़लतियों को रोकने का सबसे अच्छा तरीक़ा यही है कि उनका अनुमान कर लिया जाए, लेकिन इस बार नियति के एक आश्चर्यजनक फेर से टाइमर-सर्किट की ख़राबी ने रॉकेट इंजीनियरिंग की एक प्रयोगशाला को जन्म दे दिया।

* * *

मिसाइल पैनल की प्रत्येक बैठक के बाद मैं प्रो. साराभाई को बैठक का विवरण देता था। 30 दिसम्बर, 1971 को ऐसी ही एक बैठक में भाग लेकर मैं त्रिवेंद्रम लौट रहा था। प्रो. साराभाई भी उसी दिन एस.एल.वी डिज़ाइन की समीक्षा के लिए थुम्बा के दौरे पर आ रहे थे। मैंने उन्हें नई दिल्ली हवाई अड्डे के लॉउंज से फ़ोन किया और हमने बैठक में उठाए गए विषयों के मुख्य बिंदुओं पर चर्चा की। उन्होंने मुझे निर्देश दिया कि मैं त्रिवेंद्रम हवाई अड्डे पर उनकी प्रतीक्षा करूँ और उसी रात उनके बंबई लौटने से पहले उनसे भेंट कर लूँ।

जब मैं त्रिवेंद्रम पहुँचा, हवाई अड्डे की फ़िज़ा में उदासी-सी छाई हुई थी। हवाई जहाज़ सीढ़ी चालक श्री कुट्टी ने रुँधी हुई आवाज़ में मुझे बताया कि प्रो. साराभाई नहीं रहे। कुछ मिनट पहले ही हृदय गति रुकने से उनका देहांत हो गया। मुझे दिली सदमा लगा। यह सब हमारी बातचीत होने के घंटे भर के भीतर ही हो गया। यह मेरे लिए व्यक्तिगत रूप से बहुत बड़ा आघात था और भारतीय विज्ञान के लिए एक अपूरणीय क्षति।

मुझे एक घटना याद आती है, जो उस समय घटी, जब प्रो. साराभाई जून, 1970 में एस.एल.वी.-3 की डिज़ाइन परियोजनाओं की द्वैमासिक प्रगति की समीक्षा कर रहे थे। पहले से चौथे चरण पर प्रस्तुतियाँ सहजतापूर्वक हो गईं। पहली तीन प्रस्तुतियाँ सहजतापूर्वक हुईं। मेरी प्रस्तुति अंतिम थी। मैंने अपनी

टीम के पाँच सदस्यों का परिचय दिया, जिन्होंने डिज़ाइन तैयार करने में अलग-अलग तरीक़े से योगदान दिया था। सब लोगों के लिए आश्चर्य था, उनमें से हर एक ने काम में अपने हिस्से की प्रस्तुति साधिकार एवं पूरे विश्वास के साथ दी।

अचानक एक वरिष्ठ वैज्ञानिक, जो प्रो. साराभाई के साथ घनिष्ठ रूप से काम करते थे, मेरी ओर मुड़े और जानना चाहा, 'आपकी परियोजना पर आपकी टीम के सदस्यों ने अपने-अपने काम के आधार पर प्रस्तुतियाँ दीं। परियोजना के लिए आपने क्या किया?'

यह पहली बार था, जब मैंने प्रो. साराभाई को वाक़ई ग़ुस्से में देखा। उन्होंने अपने उस सहकर्मी से कहा, 'आपको मालूम होना चाहिए कि परियोजना प्रबंधन का अर्थ क्या होता है? हमने अभी एक लाजवाब उदाहरण देखा है। यह सामूहिक कार्य का एक असाधारण प्रदर्शन है। मैंने हमेशा परियोजना के नायक को व्यक्तियों को इकट्ठा करने वाले के रूप में देखा है, और कलाम अक्षरश: वही हैं।'

मैं प्रो. साराभाई को भारतीय विज्ञान का महात्मा मानता हूँ- एक गगनचुंबी शख़्सियत, जिनके स्वप्न ने देश के अंतरिक्ष कार्यक्रम की परिभाषा गढ़ी। उन्होंने अपनी टीम में नेतृत्व के गुण सृजित किए और उन्हें विचार तथा उदाहरण दोनों से प्रेरित किया। पाँच साल, 1966 से 1971 के बीच लगभग 22 वैज्ञानिकों और इंजीनियरों ने प्रो. साराभाई के साथ घनिष्ठ रूप से काम किया। उनमें सभी आगे चलकर महत्वपूर्ण वैज्ञानिक परियोजनाओं के प्रमुख बने।

उस महान व्यक्ति के प्रति श्रद्धांजलि-स्वरूप थुम्बा का पूरा परिसर, इसमें स्थित सभी संस्थानों का विलय कर, एक एकीकृत अंतरिक्ष केंद्र बना दिया गया, जिसके कारण इसका अस्तित्व संभव हुआ था। ...और उसका नाम डॉ. विक्रम साराभाई स्पेस सेंटर (वी.एस.एस.सी.) रखा गया। प्रसिद्ध धातु-विज्ञानी डॉ. ब्रह्म प्रकाश वी.एस.एस.सी. के पहले निदेशक बने।

प्रो. साराभाई के निधन के बाद साल भर से भी कम समय में रैटो प्रणाली का पहला परीक्षण 8 अक्टूबर, 1972 को उत्तर प्रदेश में बरेली वायु सेना स्टेशन पर सफलतापूर्वक किया गया। एक उच्च दक्षता वाला *सुखोई-16* विमान रैटो प्रयोग के द्वारा 2000 मीटर की साधारण दौड़ के बजाय 1200 मीटर की कम दौड़ के बाद ही हवा में उड़ गया। कहा जाता है कि इस सफल प्रयास से 4

करोड़ रुपये की विदेशी मुद्रा की बचत हुई। परीक्षण के ख़र्च जोड़कर हमने इस पूरी परियोजना पर 25 लाख रुपये से भी कम ख़र्च किए। भारतीय रैटो 17 हज़ार रुपए प्रति इकाई क़ीमत पर बनाई जा सकती थी, जबकि आयातित रैटो की लागत प्रति इकाई 33,000 रुपए आती थी। इस तरह भारत के उद्योगपति वैज्ञानिक प्रो. साराभाई का स्वप्न अंततः फलीभूत हुआ।

11. टीम का नेतृत्व

विक्रम साराभाई अंतरिक्ष केंद्र पर एस.एल.वी.-3 का कार्य पूरी गति से चल पड़ा। प्रो. सतीश धवन (जो कुछ समय इसरो के निदेशक रहे थे) ने डॉ. ब्रह्म प्रकाश से विचार विमर्श के बाद मुझे एस.एल.वी. परियोजना का प्रबंधक नियुक्त किया। मेरा पहला काम एक परियोजना प्रबंधन प्लान तैयार करना था।

मैं उस विरोधाभास से परिचित था, जो अक्सर ऐसे अभियानों में उभर आता है, जिनमें बड़ी संख्या में लोग शामिल होते हैं। टीम का नेतृत्व करने वाले अक्सर इनमें से कोई एक राह चुनते हैं- कुछ के लिए काम ही सबसे महत्वपूर्ण प्रेरणा होता है या दूसरों के लिए कार्यकर्ता ही काम में रुचि का एकमात्र कारण होते हैं। कई और या तो इन दोनों स्थितियों के बीच फँसे हुए होते हैं या उनसे पूरी तरह बाहर से रहते हैं। मैं दोनों के बीच आता था। मैं लोगों को दोनों में से किसी भी अति से रोकने हेतु कृत-संकल्प था और ऐसी स्थितियाँ निर्मित करना चाहता था, जहाँ काम तथा काम करने वाले दोनों साथ-साथ निभ सकें।

एस.एल.वी-3 परियोजना का प्राथमिक उद्देश्य था एक मानक एस.एल.वी. प्रणाली का डिज़ाइन, विकास एवं संचालन करना, जो एक 40 कि.ग्रा. भार के उपग्रह को पृथ्वी के आसपास 400 किलोमीटर वृत्तीय कक्षा में विश्वसनीय रूप से प्रक्षेपित कर सके।

मैंने इस परियोजना को लागू करने की ज़िम्मेदारी प्रचलित नीतिगत निर्णयों के दायरे तथा उपलब्ध बजट के भीतर ही सँभाली। डॉ. ब्रह्म प्रकाश ने अनेक उत्कृष्ट वैज्ञानिकों के मार्गदर्शन में चार परियोजना सलाहकार समितियों का

गठन किया, जो मुझे विशेषीकृत क्षेत्रों में परामर्श देने के लिए थीं। मार्च, 1973 में 64 माह के भीतर एक समग्र (ऑल लाइन) उड़ान-परीक्षण करने का लक्ष्य निर्धारित किया गया।

हमने परियोजना की विभिन्न गतिविधियों को संचालित करने के लिए तीन समूह बनाए, पहला- प्रोग्राम प्रबंधन समूह, दूसरा- एकीकरण एवं उड़ान-परीक्षण समूह और तीसरा- उप-प्रणाली विकास समूह। मैंने एस.एल.वी.-3 के लिए 275 इंजीनियरों एवं वैज्ञानिकों की ज़रूरत बताई थी, किंतु मुझे केवल 50 ही मिल सके। इन कुछ लोगों के समन्वित प्रयास न होते, तो यह परियोजना शुरू ही नहीं हो पाती। कुछ नौजवान इंजीनियरों ने एक टीम के रूप में दक्षतापूर्वक काम करने के लिए ख़ुद अपने ज़मीनी नियम बनाए और व्यक्तिगत तथा टीम स्तर पर अनूठे परिणाम दिए।

एस.एल.वी. परियोजना दल के सदस्यों में से हर एक अपने-अपने क्षेत्र का विशेषज्ञ था। इसलिए यह स्वाभाविक ही था कि उनमें से हर एक अपनी आज़ादी का मूल्य समझता था। ऐसे विशेषज्ञों के कार्य-प्रबंधन के लिए टीम के नायक को काम के भीतर और काम के बाहर के तौर-तरीक़ों के बीच एक नाज़ुक संतुलन बनाना होता है। काम के दौरान रवैये का अर्थ है, टीम के काम में नियमित रूप से सक्रियता से रुचि लेना। काम से इतर रवैया है, टीम के सदस्यों पर भरोसा रखना और उनकी स्वायत्तता संबंधी ज़रूरतों को महसूस करना, ताकि वे अपनी वह भूमिका निभा सकें, जिसे वे उपयुक्त समझते हैं। यह उनकी स्व-प्रेरणा पर आश्रित है। जब कोई नायक अपने कामकाजी रवैये में बहुत आगे बढ़ जाता है, तो उसे अधीर और दख़लंदाज़ क़िस्म का माना जाता है, लेकिन काम के इतर रवैये में अधिक उदारता को भी ज़िम्मेदारी से पल्ला झाड़ना या काम में अरुचि होना समझा जा सकता है।

आज एस.एल.वी.-3 की टीम के सदस्य देश के सर्वाधिक प्रतिष्ठित वैज्ञानिक कार्यक्रमों का नेतृत्व कर रहे हैं। इनमें से हर एक अपनी वर्तमान स्थिति तक लगातार कठिन परिश्रम और इच्छा-शक्ति के ज़रिए पहुँचा है। यह वास्तव में विलक्षण रूप से प्रतिभाशाली टीम थी।

* * *

एस.एल.वी.-3 परियोजना को कार्यान्वित करने के लिए नेतृत्व हाथ में लेने पर,

मुझे अपने समय को लेकर तात्कालिक और विरोधावासी माँगों- समिति के काम, सामान जुटाना, पत्र-व्यवहार, समीक्षाएँ, सूचनाओं का आदान-प्रदान और तमाम विषयों पर जानकारी हासिल करने की ज़रूरतों का सामना करना पड़ा।

मेरा दिन, जिस लॉज में मैं रह रहा था, उसके आसपास लगभग दो किलोमीटर टहलने के साथ शुरू होता था। मैं अपने सुबह की सैर के दौरान दिन-भर के कामों की सामान्य रूपरेखा तैयार कर लेता था और दो या तीन ऐसे कामों पर ज़ोर रखता था, जो उस दिन मैं निश्चित रूप से पूरे कर लेना चाहता था।

एक बार दफ़्तर पहुँचने पर, मैं पहले अपनी मेज़ साफ़ करता। अगले दस मिनट तक, मैं सारे काग़ज़ात का जायज़ा लेता और उन्हें शीघ्रतापूर्वक- उच्च-प्राथमिकता, अल्प-प्राथमिकता (जिन्हें बाद में निबटाया जा सकता है) तथा पढ़ने की सामग्री जैसी अलग-अलग श्रेणियों में बाँट लेता था। इसके बाद मैं उच्च-प्राथमिकता वाले काग़ज़ात को अपने सामने रखता और बाक़ी सारी चीज़ों को अपनी नज़र से दूर कर देता।

वापस एस.एल.वी.-3 की बात, डिज़ाइन बनाते समय लगभग 250 उप-भाग तथा 44 उप-प्रणालियाँ सोची गई थीं। सामानों की सूची दस लाख से भी अधिक पुर्ज़ों तक पहुँच गई ! इस जटिल कार्यक्रम को, जिसके सात से दस साल चलने की उम्मीद थी, जीवित बनाए रखने के लिए एक परियोजना क्रियान्वयन रणनीति बनाना ज़रूरी हो गया, लेकिन इसके पहले कि मैं एस.एल.वी.-3 परियोजना के प्रबंधन के सूक्ष्मतर पहलुओं पर आऊँ, मैं स्वयं एस.एल.वी.-3 पर ही बात करना चाहूँगा।

मानव शरीर से तुलना करते हुए एक प्रक्षेपण-यान का वर्णन काफ़ी रोचक है। मुख्य मशीनी ढाँचे की एक मानव शरीर के रूप में कल्पना कीजिए। अपनी विद्युत सर्किट प्रणाली के साथ नियंत्रण एवं निर्देशन प्रणालियाँ मस्तिष्क की रचना करते हैं। यान को गति देने वाले प्रणोदक, पेशी-तंत्र को रूप देते हैं।

एस.एल.वी-3 के निर्माण में स्वदेशी साधनों पर पूर्ण निर्भरता धीरे-धीरे ही हासिल हुई, वह भी हमेशा बिना परेशानी के नहीं। हमारा दल लगभग स्व-प्रशिक्षित इंजीनियरों का था। पीछे मुड़कर देखता हूँ, तो लगता है कि हमारी अप्रशिक्षित प्रतिभा, चरित्र एवं समर्पण का अनोखा सम्मिश्रण एस.एल.वी.-3 के लिए सबसे अधिक उपयुक्त था। देर रात की एक शिफ़्ट का काम समेटने के

बाद इन पंक्तियों का लिखना याद आता है–

सुंदर हैं वे हाथ जो किए जाते हैं अपना काम
तत्परता से बहादुरी से और सत्य निष्ठा से
क्षण-प्रतिक्षण, सारा-सारा दिन।

* * *

उपग्रह प्रक्षेपण-यान और मिसाइलों को आपस में चचेरे भाई-बहन कहा जा सकता है। अवधारणा एवं उद्देश्य में वे अलग हैं, लेकिन वे एक ही वंश रॉकेट-विज्ञान से आते हैं। रक्षा अनुसंधान एवं विकास संगठन (डी.आर.डी.ओ.) ने हैदराबाद की रक्षा अनुसंधान एवं विकास प्रयोगशाला में एक बहुत बड़ी मिसाइल विकास परियोजना हाथ में ली थी। यह ज़मीन से हवा में मार करने वाली स्वदेशी मिसाइल का विकास करने वाली थी।

रैटो परियोजना बंद कर दी गई थी, क्योंकि जिन विमानों के लिए इसे डिज़ाइन किया गया था, वे पुराने पड़ चुके थे और जो नए विमान वायु सेना में शामिल किए गए थे, उनमें रैटो प्रणाली की ज़रूरत नहीं थी। जब यह परियोजना बंद कर दी गई, तो नई मिसाइल बनाने जा रही टीम के नेतृत्व के लिए श्री नारायणन डी.आर.डी.ओ. की तार्किक पसंद थे। अब तक एयर कमोडोर के पद पर पहुँच चुके श्री नारायणन ने रक्षा अनुसंधान एवं विकास प्रयोगशाला के निदेशक के रूप में कार्यभार ग्रहण किया। उन्होंने हैदराबाद के दक्षिण-पूर्वी उप-नगर में स्थापित इस नई प्रयोगशाला को, इस अति-विशाल कार्य को हाथ में लेने के लिए गतिशील किया। मक़बरों और पुरानी इमारतों से सजा चित्रमय परिदृश्य नई जीवंतता से दमकने लगा। उन्होंने अपने आसपास ऊर्जावान लोगों का एक शक्तिशाली समूह तैयार किया।

एस.एल.वी.-3 परियोजना में पूरी तरह से जुट जाने की वजह से मिसाइल पैनल की बैठकों में मेरी भागीदारी धीरे-धीरे कम होती गई और अंततः पूरी तरह से ख़त्म हो गई। हालाँकि श्री नारायणन और उनकी परियोजना, जिसे 'डेविल' सांकेतिक नाम दिया गया था, के संबंध में कहानियाँ त्रिवेंद्रम पहुँचनी शुरू हो गईं। वहाँ एक अपूर्व स्तर का कायान्तर आकार ले रहा था।

यहाँ विक्रम साराभाई अंतरिक्ष केंद्र में एस.एल.वी.-3 अपना आकार

ग्रहण कर रहा था। डी.आर.डी.एल. की तुलना में, जो बहुत तेज़ गति से आगे बढ़ रहा था, हम धीमी गति से चल रहे थे। लीडर का अनुसरण करने के बजाय, मेरी टीम अनेक व्यक्तिगत पगडंडियों से सफलता की ओर यात्रा कर रही थी। हमारी कार्य-पद्धति का सार-तत्व था संवाद पर ज़ोर- विशेष रूप से एक छोर से दूसरे तक, टीम के सदस्यों के बीच और अलग-अलग टीमों के बीच। एक तरह से इस विशालकाय परियोजना के प्रबंधन में संवाद ही मेरा मंत्र था।

ज़्यादातर संवाद और बातचीत के बीच भ्रम की स्थिति बन जाती है। वस्तुतः ये दोनों पूरी तरह से अलग-अलग हैं। मैं पहले (और अभी तक हूँ) एक दयनीय वक़्ता था, लेकिन ख़ुद अपने आपको एक बेहतर संवादकर्ता या सूचना-सम्प्रेषक मानता हूँ। लच्छेदार बातों से भरी कोई बातचीत किसी भी उपयोगी सूचना से रहित हो सकती है, जबकि संवाद केवल सूचनाओं के आदान-प्रदान के लिए ही होता है। यह समझना ज़रूरी है कि संवाद दो पक्षों के बीच का मामला है, जिसका लक्ष्य सूचना-विशेष प्रदान करना या प्राप्त करना होता है।

एस.एल.वी.-3 पर काम करते हुए मैंने संवाद के माध्यम से ही व्याप्त समस्याओं को परिभाषित किया तथा उन्हें हल करने के लिए आवश्यक क़दमों की पहचान की। मैंने यह कैसे किया? शुरुआत में मैंने तथ्यों तक सीमित रहने का प्रयास किया तथा कभी भी तथ्यों की कड़वी गोली पर शक्कर चढ़ाने की कोशिश नहीं की। अंतरिक्ष विज्ञान परिषद (एस.एस.सी.) की एक समीक्षा बैठक में, सामान हासिल करने में देरी से क्षुब्ध होकर मैंने वी.एस.एस.सी. के लेखा एवं वित्तीय सलाहकार के लालफीताशाहीपूर्ण तौर-तरीक़ों के बारे में नाराज़गी भरे लहज़े में शिकायत की। मैंने ज़ोर दिया कि लेखा-स्टाफ़ को अपने काम का तरीक़ा बदलना ही होगा और माँग की कि उनके काम परियोजना टीम के हाथ में दे दिए जाएँ। डॉ. ब्रह्म प्रकाश मेरे अक्खड़पन से भौचक रह गए।

मैंने वह पूरी रात अपने कठोर शब्दों के कारण लोगों को हुई पीड़ा पर पश्चाताप करते हुई काटी। यद्यपि इससे पहले कि वे मुझे अपने साथ घसीटने लगें, मैं व्यवस्था में आई स्थिरता को तोड़ने के लिए प्रतिबद्ध था। मेरी ख़ुशक़िस्मती से, डॉ. ब्रह्म प्रकाश ने अगली सुबह ही वित्तीय शक्तियाँ सीधे परियोजना को सौंप दीं।

* * *

कोई भी व्यक्ति, जो किसी टीम का नेतृत्व हाथ में लेता है, वह अपने आप में और अपने अधिकारों को लेकर पर्याप्त रूप से स्वतंत्र तथा शक्तिशाली होकर ही सफल हो सकता है। कोई अपनी निजी आज़ादी को मज़बूत करने के लिए क्या कर सकता है? मैं वे दो तरक़ीबें आपके साथ साझा करना चाहता हूँ, जो मैं अपनाता हूँ–

पहली है, अपनी शिक्षा और कौशल को ठोस आधार देना। ज्ञान असल पूँजी है, आपके काम में सबसे ज़्यादा महत्वपूर्ण औज़ार। जितनी ज़्यादा ताज़ातरीन जानकारी आपके पास है, आप उतने ही ज़्यादा स्वतंत्र हैं। ज्ञान किसी से छीना नहीं जा सकता। नेतृत्व करना एक प्रकार से सतत् शिक्षा से जुड़ता है। मैं समझता हूँ कि तमाम व्यावसायिक व्यक्ति अक्सर सप्ताह में कई शामों को कॉलेज इसलिए जाते हैं, ताकि वे ताज़ा रुख़, सोच से अनजान न रहें। एक सफल टीम–लीडर होने के लिए व्यक्ति को एक कामकाजी दिन के शोर–शराबे और भीड़–भाड़ के बाद ठहरकर पूरे हुए कामों की समीक्षा करना और अगले नए दिन का सामना करने के लिए और बेहतर तैयारी के साथ प्रस्तुत होना चाहिए।

दूसरी तरक़ीब है, निजी ज़िम्मेदारी के प्रति एक जुनून का विकास करना। सक्रिय होइए! ज़िम्मेदारी उठाइए! उन उद्देश्यों के लिए काम कीजिए, जिनमें आप विश्वास करते हैं।

सच्चाई तो यह है कि हममें से ज़्यादातर लोग अपनी आज़ादी को बढ़ाने के लिए व्यक्तिगत रूप से भी बहुत कुछ कर सकते हैं। हम उन ताक़तों का सामना कर सकते हैं, जो हमारी ख़िलाफ़त करती हैं। हम उन गुण एवं शर्तों के ज़रिए अपने आपको मज़बूत बना सकते हैं, जो निजी आज़ादी को बढ़ावा देते हैं। ख़ुद को मज़बूत बनाकर हम ताक़तवर संगठन की रचना करने में मदद करते हैं, जो सच्चे अर्थ में आश्चर्यजनक लक्ष्य हासिल करने में सक्षम हो।

* * *

जब एस.एल.वी.–3 के काम ने गति पकड़ ली, तो प्रो. धवन ने परियोजना में लगी पूरी टीम के साथ प्रगति की समीक्षा करनी शुरू कर दी। ये समीक्षा बैठकें टीम में शामिल सभी लोगों के लिए बड़े अवसर होते थे। प्रो. धवन एक मिशन लेकर जीने वाले व्यक्ति थे। काम सुचारु रूप से चले, इसके लिए वे सारे बिखरे हुए सूत्रों को बिना प्रयास के एक साथ कसकर रखते थे। तब भी, वे जितना

जानते थे, उससे ज़्यादा जानने का दिखावा उन्होंने कभी नहीं किया। बजाय इसके जब कोई बात अस्पष्ट लगती, वे सवाल पूछते और अपने संदेहों पर खुलकर चर्चा करते। मैं उन्हें एक दृढ़, लेकिन विशिष्ट लीडर के रूप में याद करता हूँ।

मुझे प्रो. धवन के साथ काफ़ी लंबा समय बिताने का अवसर मिला। वे श्रोता को अपने तर्क और बौद्धिक प्रखरता से मंत्र-मुग्ध कर देते थे। उनके साथ बातचीत करना बहुत प्रेरक होता था और मेरी टीम के सदस्यों तथा मुझे मानसिक ऊर्जा से भर देता था।

1975 में इसरो एक सरकारी निकाय बन गया। विभिन्न केंद्रों के निदेशकों तथा केंद्र सरकार के अंतरिक्ष विभाग के वरिष्ठ उत्तराधिकारियों को शामिल कर इसरो परिषद का गठन किया गया। इस नई व्यवस्था ने मुझे अंतरिक्ष विभाग में संयुक्त सचिव श्री टी.एन. शेषन से परिचित कराया। तब तक नौकरशाहों को लेकर मेरे मन में कुछ अलग ख़्याल थे, अतः जब मैंने श्री शेषन को पहली बार एक बैठक में भाग लेते देखा था, तब मैं बहुत आश्वस्त नहीं था, लेकिन बहुत जल्द मेरा यह भाव प्रशंसा में बदल गया, क्योंकि शेषन बैठकों में हमेशा पूरी तैयारी करके आते थे। वे अपनी असाधारण विश्लेषण क्षमता से वैज्ञानिकों के दिमाग़ों को मथ डालते थे।

एस.एल.वी. परियोजना के पहले तीन साल विज्ञान के अनेक सम्मोहक रहस्यों से पर्दा उठाने वाले थे। मनुष्य होने के नाते, यह समझना मुश्किल होता है कि अज्ञान हमारे साथ हमेशा रहा है और हमेशा बना रहेगा। नया केवल इतना था कि मुझे इस तथ्य का भान हो गया। मैं ग़लती से यह मानकर चलता था कि विज्ञान का काम हर चीज़ की व्याख्या करना है और यह कि अनसुलझी घटनाएँ आध्यात्मिक रहस्यवादियों- मेरे पिताजी और श्री लक्ष्मण शास्त्री जैसों का क्षेत्र है।

धीरे-धीरे मैं विज्ञान और टेक्नोलॉजी, अनुसंधान और विकास के बीच के फ़र्क़ से परिचित हो गया। विज्ञान स्वाभाविक रूप से अंतहीन तथा खोजपरक है, वहीं विकास अपने उद्देश्य की सीमाओं में जकड़ा हुआ है।

मैंने अपनी टीम को हमेशा 'वैज्ञानिक' होने के विरुद्ध चेताया है। विज्ञान एक जुनून है, वादों और संभावनाओं की दुनिया में एक कभी न ख़त्म होने वाला

सफ़र है। हमारे पास सीमित समय और सीमित पैसा ही था। एस.एल.वी. का निर्माण हमारी अपनी सीमाओं के हमारे ज्ञान पर निर्भर था। मैंने इस बात को तरजीह दी कि हम उपलब्ध कारगर उपायों की तलाश करें। समयबद्ध परियोजनाओं में नई माँगें उठती हैं, तो वे ख़ुद अपनी समस्याएँ भी पैदा करती हैं, हमारा काम इन समस्याओं से जूझना और अपना लक्ष्य हासिल करना था।

एस.एल.वी. परियोजना के सहभागी के रूप में हमने अपने लिए तीन पड़ाव निर्धारित किए थे- 1975 तक सभी उप-प्रणालियों का विकास तथा साउंडिंग रॉकेटों द्वारा उनकी उड़ान योग्यता तय करना, 1976 तक उप-कक्षीय उड़ानें तथा 1978 में अंतिम कक्षीय उड़ान। काम की गति अब तक हासिल हो चुकी थी तथा माहौल उत्साह से सराबोर था। जहाँ कहीं भी मैं जाता था, हमारी टीमों के पास मुझे दिखाने के लिए कुछ न कुछ ख़ास होता था। बहुत-सी चीज़ें देश में पहली बार की जा रही थीं तथा ज़मीनी स्तर के तकनीशियनों का सामना इस तरह के काम से पहले कभी नहीं हुआ था। ये कार्य मेरी टीम के सदस्यों द्वारा मौलिक रूप से संपन्न किए गए थे।

जून, 1974 में हमने अपनी कुछ जटिल उप-प्रणालियों के परीक्षण के लिए *सेन्टॉर* साउंडिंग रॉकेट का प्रक्षेपण इस्तेमाल किया। देश में इनका प्रयोग इससे पहले कभी नहीं किया गया था। यह परीक्षण बेहद सफल रहा। इस समय तक भारतीय अंतरिक्ष कार्यक्रम साउंडिंग रॉकेटों से आगे नहीं बढ़ा था और जानकार व्यक्ति भी इसके प्रयासों को मौसम-विज्ञान संबंधी उपकरणों के साथ छोटे-मोटे प्रयासों से अधिक समझने और स्वीकार करने को तैयार नहीं थे।

पहली बार हमने इस क्षेत्र में राष्ट्र के आत्म-विश्वास को प्रेरित किया। तत्कालीन प्रधानमंत्री श्रीमती इंदिरा गाँधी ने 24 जून, 1974 को संसद को बताया, 'प्रासंगिक टेक्नोलॉजी, उप-प्रणालियों तथा हार्डवेयर के विकास एवं निर्माण का काम (भारत के प्रथम उपग्रह-प्रक्षेपण यान के निर्माण के लिए) संतोषजनक रूप से आगे बढ़ रहा है। कई सारे उद्योग कलपुर्ज़ों के निर्माण में लगे हुए हैं। भारत की पहली कक्षीय उड़ान 1978 में निर्धारित है।'

12. प्रियजनों से विछोह

एस.एल.वी.-3 पर काम करना, दुःखद क्षणों से रहित नहीं रहा। इनमें से कुछ एक व्यक्तिगत स्तर पर थे। एक दिन, जब मेरी टीम और मैं काम में खोए हुए थे, परिवार में एक मौत की ख़बर मेरे पास आई। मेरे बहनोई और व्यक्तित्व-शिल्पी जनाब अहमद जलालुद्दीन इंतकाल फ़रमा गए। मैं दो मिनट के लिए जहाँ का तहाँ खड़ा रह गया- मैं न तो कुछ सोच पाया और न ही कुछ महसूस कर पाया। जब मैं एक बार फिर से अपने आसपास ध्यान दे पाया, मैंने अपने आपको बहकी-बहकी बातें करते पाया।

अपने बचपन के तमाम चित्र मेरे आगे फिर उपस्थित हो गए- रामेश्वरम् मंदिर के आसपास की चहलक़दमी, चमकती बालू और नृत्य करती लहरें, मुझे क्षितिज दिखाते हुए, मेरी किताबों के लिए पैसों का इंतज़ाम करते, मेरे नासा जाते वक़्त मुझे बंबई हवाई-अड्डे पर विदाई देते जलालुद्दीन ...। मेरे पिता, जो अब तक सौ साल से भी ज़्यादा उम्रदराज़ हो चुके थे। मेरी बहन ज़ोहरा- ये सभी तस्वीरें मेरी आँखों में तैर गईं। यह आभास मेरे लिए बेहद भयानक और असहनीय था, लेकिन मैंने अपने आपको सँभाला और अपने उप-निदेशक के लिए मेरी ग़ैर-हाज़िरी में काम चलाते रहने के लिए निर्देश छोड़ दिए।

बसें बदल-बदलकर सारी रात सफ़र करते हुए, मैं बमुश्किल अगले रोज़ रामेश्वरम् पहुँच पाया। जिस लम्हे मैं अपने घर पहुँचा, शोक ने फिर मुझे घेर लिया। ज़ोहरा के लिए मेरे पास शब्द नहीं थे, जो बेक़ाबू होकर रोए चली जा रही थीं। मेरे अब्बा काफ़ी देर मेरा हाथ पकड़कर बैठे रहे।

मौत मुझे कभी डरा नहीं पाई। आख़िरकार, एक दिन तो हर एक को जाना है, लेकिन शायद जलालुद्दीन कुछ ज़्यादा ही जल्दी चले गए, बहुत ही जल्दी। थुम्बा वापस लौटने के बाद भी, मैं लंबे समय तक निरर्थकता के ऐसे एहसास से गुज़रता रहा, जो मैंने पहले कभी महसूस नहीं किया था।

* * *

मैंने प्रो. धवन के साथ काफ़ी लंबी बातचीत की। उन्होंने मुझे सांत्वना दी और कहा कि एस.एल.वी. परियोजना की प्रगति धीरे-धीरे मुझे शोक से उबार लेगी। उन्होंने त्रासदी से मेरा ध्यान हटाया और मुझे फिर से टेक्नोलॉजी के चमत्कारों और हमारी उपलब्धियों पर केंद्रित कर दिया।

धीरे-धीरे, हार्डवेयर ड्रॉइंग बोर्ड से उतरकर अपना आकार ग्रहण करने लगा। हमारी टीम के प्रत्येक सदस्य को अपना अनूठा योगदान करना था। शशि कुमार ने एस.एल.वी. के विभिन्न हिस्सों को गढ़ने के लिए कार्यशालाओं का एक बेहद प्रभावी नेटवर्क तैयार किया था। नम्बूदिरी और पिल्लै ने रॉकेट की चार मोटरों के एक साथ विकास में अपने दिन-रात एक कर दिए। एम.एस.आर. देव और सैंडलास ने यान के हिस्सों के यांत्रिक एवं वैद्युतिक एकीकरण के लिए सावधानीपूर्वक योजनाओं के ख़ाके तैयार किए। श्री माधवन नायर और श्री मूर्ति ने विद्युतीय प्रणालियों की जाँच की और उन्हें उड़ान उप-प्रणालियों में जहाँ-जहाँ ज़रूरत थी, वहाँ लगाया। श्री यू.एस. सिंह ने पहली ज़मीनी प्रक्षेपण प्रणाली तैयार की। उन्होंने उड़ान परीक्षणों के लिए एक विस्तृत कार्य-योजना भी तैयार की। डॉ. सुंदर राजन ने इस अभियान के लक्ष्यों पर गहन निगरानी रखी तथा प्रणालियों को आधुनिक बनाया।

1976 में, एक और त्रासदी घटित हुई। मेरे पिता 102 साल की उम्र में दुनिया से चल दिए। काफ़ी समय से उनकी सेहत ख़राब चल रही थी।

जनाब जलालुद्दीन की मौत ने पिताजी की सेहत और आत्मा पर गहरा असर डाला था। लगता था कि उनमें जीने की इच्छा बाक़ी नहीं रह गई थी-जैसे कि जलालुद्दीन को अपने ख़ुदा-ए-ख़ालिक के पास लौटते देखकर वे भी उसके पास लौटने के लिए बेचैन हो उठे थे।

जब कभी भी मुझे पिताजी की तबीयत ख़राब होने की जानकारी मिलती, मैं शहर के किसी अच्छे डॉक्टर को लेकर रामेश्वरम् पहुँच जाता। जब-जब मैं ऐसा करता, वे मुझे ग़ैर-ज़रूरी फ़िक्र करने पर डाँटते और डॉक्टर पर होने वाले ख़र्च को लेकर उपदेश देने लगते।

'मेरे ठीक होने के लिए तुम्हारा आना ही काफ़ी है। क्यों डॉक्टर लेकर आते हो और पैसा ख़र्च करते हो?' - वे कहने लगते।

उदारमन और दयालुता की मूर्ति मेरे पिता जैनुलआबदीन।

पिताजी के क़रीबी दोस्त और शिव मंदिर के पुजारी लक्ष्मण शास्त्री।

मस्जिद वाली गली में स्थित मेरा घर।

रामेश्वरम् स्थित विश्व प्रसिद्ध शिव मंदिर। इसी गली में मेरे भाई क़ासिम मोहम्मद की सजावट की चीज़ों की दुकान थी। दुकान पर कभी-कभी मैं भी उनके काम में मदद करता था।

वह पुरानी मस्जिद, जिसके नाम पर हमारी गली का नाम मस्जिद वाली गली रखा गया। मुझे और मेरे भाई को पिताजी रोज़ाना शाम को यहाँ अपने साथ लाते थे।

रामनाथपुरम में स्थित श्वार्ट्ज़ हाई स्कूल। जिसके सामने वाली पट्टिका पर लिखा है: 'अपने क़ीमती वक़्त को फ़िज़ूल में मत गँवाओ। गुज़रा वक़्त लौटकर नहीं आता।'

श्वार्ट्ज़ हाई स्कूल में मुझे पढ़ाने वाले टीचर अय्यादुरै सोलोमन (बाएँ खड़े), जिन्होंने मुझे बेहतर शिक्षा और बेहतर ख़्वाब देखने की सीख दी।

टी-स्क्वैयर की ओर इशारा करते हुए मेरे भाई। एमआईटी में अध्ययन के वक़्त मैंने इसका उपयोग किया था।

एडीई, बैंगलौर में विकसित हॉवरक्राफ़्ट 'नंदी'।

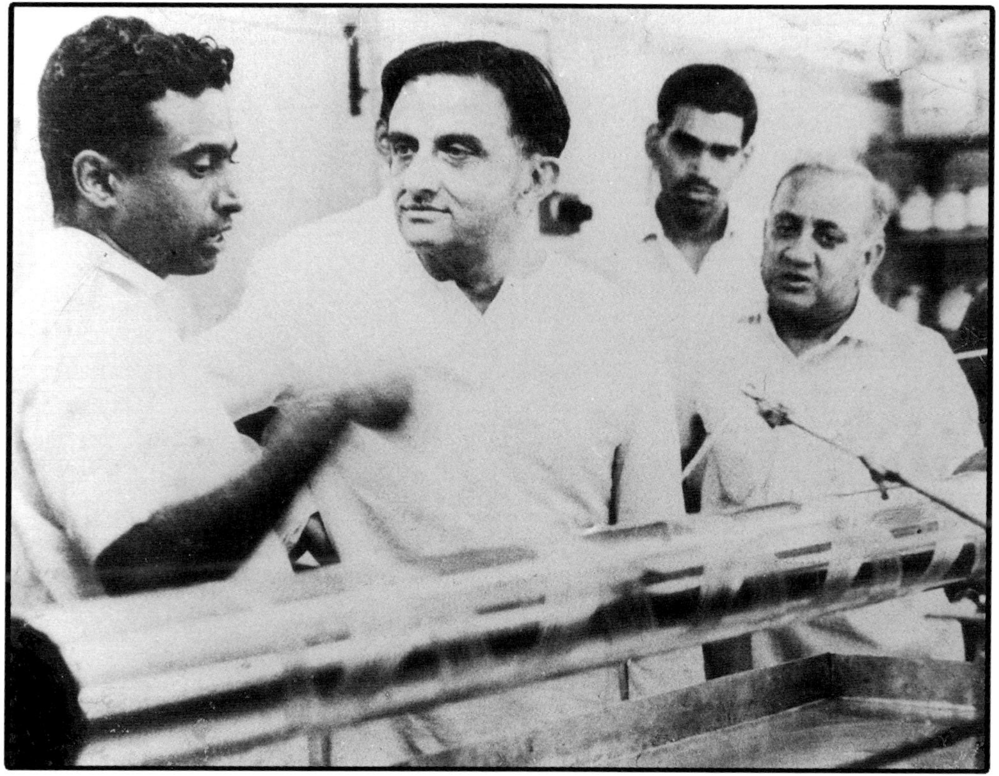

स्पेस एंड मिसाइल डेवलपमेंट प्रोग्राम के रचनाकार प्रो. विक्रम साराभाई (बीच में) चित्र में बाईं ओर मैं खड़ा हुआ हूँ।

थुम्बा स्थित सेंट मैरी मैग्देलेन चर्च, जो स्पेस रिसर्च सेंटर की पहली यूनिट का दफ़्तर था।

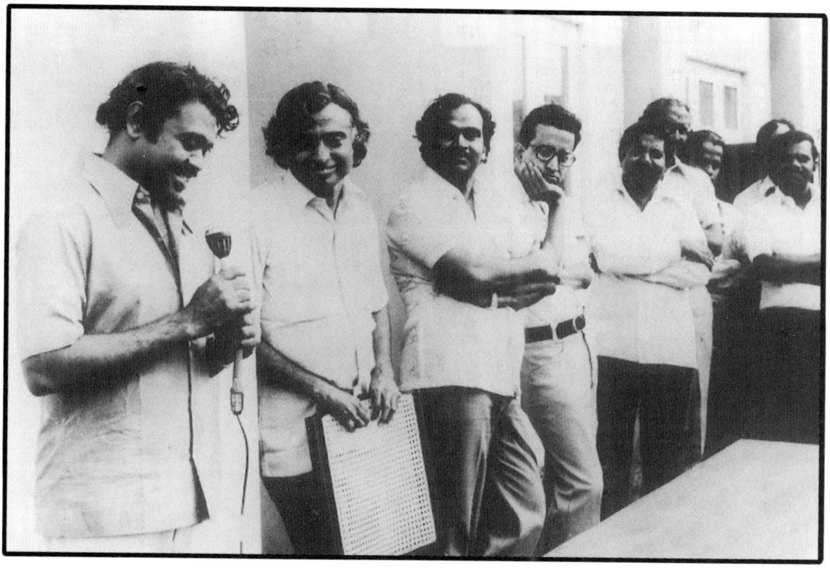

मेरी एसएलवी-3 की टीम के सदस्य।

एसएलवी-3 की समीक्षा बैठक। दाएँ प्रो. सतीश धवन बैठे हुए हैं और बाएँ डॉ. ब्रह्म प्रकाश।

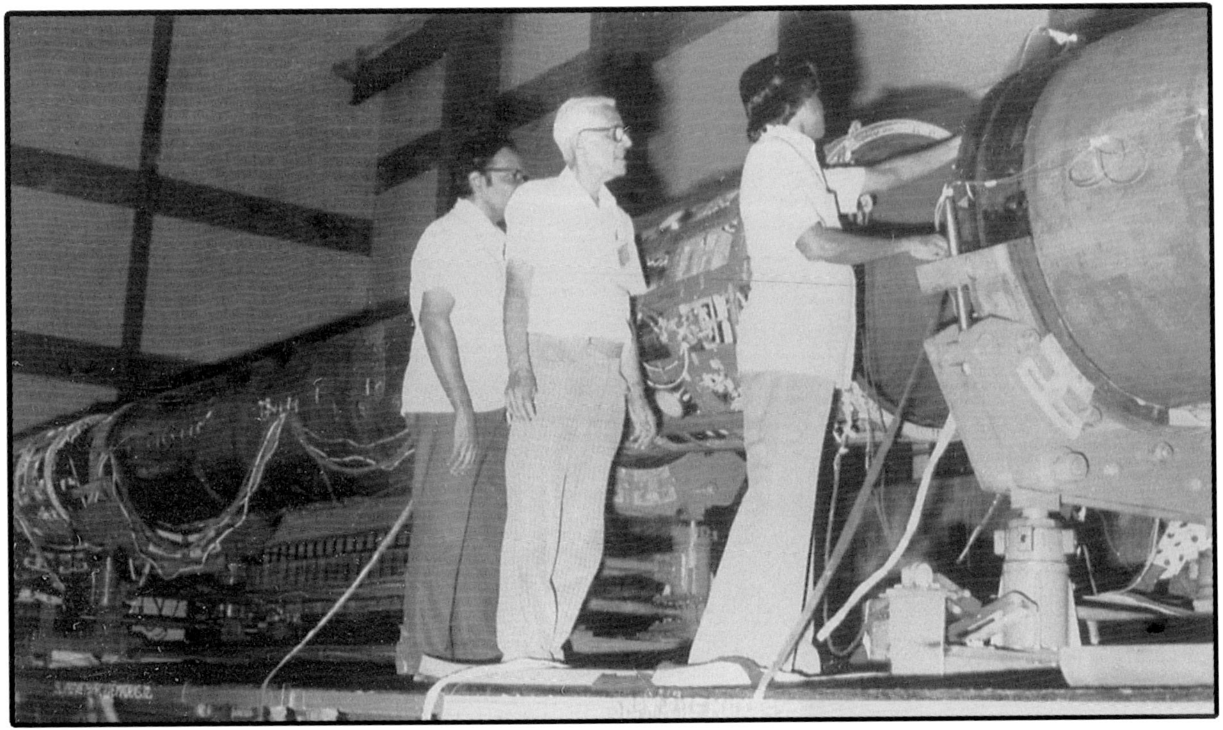

तैयारी के अंतिम चरण के दौरान, एसएलवी-3 का निरीक्षण करते डॉ. ब्रह्म प्रकाश।

तत्कालीन तीनों सेना प्रमुखों के साथ – मेरे बाएँ एडमिरल वी.एस. शेखावत, दाएँ जनरल बी.सी. जोशी और एयरचीफ़ मार्शल एस.के. कौल।

राष्ट्रपति के.आर. नारायणन से भारत रत्न पुरस्कार ग्रहण करते हुए।

पोखरण–II परमाणु परीक्षण स्थल पर शांत हुए एक गड्ढे का हवाई चित्र।

पोखरण परीक्षण के बाद राजगोपाल चिंदबरम के साथ एक पत्रकारवार्ता में।

राष्ट्रपति–भवन में छात्रों के साथ।

लेकिन इस बार वे किसी भी डॉक्टर की क्षमता से बाहर निकल चुके थे। मेरे अब्बा जनाब जैनुलआबदीन रामेश्वरम् में सौ साल से ज़्यादा वक़्त तक रहे, गुज़रे और अपने पीछे पंद्रह नाती-पोते और एक परपोते को छोड़ गए।

मैं अपनी अम्मी के पास काफ़ी लंबे समय तक बैठा रहा, लेकिन कुछ नहीं बोल पाया। जब मैं लौटने की तैयारी कर रहा था, उन्होंने जज़्बातों से रुँधी आवाज़ में दुआ की। वे जानती थीं कि यह शायद आख़िरी जुदाई है।

क्या मैं एस.एल.वी.-3 के काम में ज़रूरत से ज़्यादा डूबा हुआ था? क्या मुझे उनके साथ रहने की ख़ातिर, कुछ समय के लिए अपने कामकाज को भूल जाना चाहिए था?

एस.एल.वी.-3 भू-कक्षीय रॉकेट, जिसका उड़ान परीक्षण फ़्रांस में किया जाना था, में कुछ समस्याएँ पैदा हो गई थीं और मुझे उन्हें दूर करने के लिए तत्काल फ़्रांस जाना था। दोपहर बाद मैं रवाना हो पाता, उसके पहले ही मुझे सूचना दी गई कि माँ का भी इंतकाल हो गया।

मैं फ़ौरन रामेश्वरम् के लिए निकल पड़ा। सफ़र के दौरान, पवित्र क़ुरआन की एक लाइन मेरे दिमाग़ में कौंध गई- 'तुम्हारी धन-दौलत और औलादें सिर्फ़ एक बहलावा हैं! और अल्लाह! वही तुम्हारी आख़िरत (परलोक) का सहारा है।'

अगली सुबह मैं थुम्बा लौट आया- शरीर से थका हुआ, भावनात्मक रूप से तार-तार, लेकिन भारतीय रॉकेट मोटर को उड़ाने की हमारी महत्वाकांक्षा को पूरा करने के लिए प्रतिबद्ध।

13. काम से सुकून

एस.एल.वी.-3 की भू-कक्षीय मोटर के सफल परीक्षण के बाद फ़्रांस से मेरी वापसी पर, एक दिन डॉ. ब्रह्म प्रकाश ने मुझे सूचना दी कि वर्नहर फ़ॉन ब्रॉन थुम्बा के दौरे पर आने वाले हैं और उन्हें लेने के लिए मुझे मद्रास जाना होगा।

रॉकेट-विज्ञान के क्षेत्र में काम करने वाला हर व्यक्ति फ़ॉन ब्रॉन के नाम से

परिचित है, जिन्होंने द्वितीय विश्व-युद्ध में लंदन को तबाह कर देने वाली घातक *वी-2* मिसाइलों का निर्माण किया था। युद्ध के आख़िरी दिनों में, फ़ॉन ब्रॉन को मित्र देशों की सेनाओं ने बंदी बना लिया था। उनकी असाधारण प्रतिभा के सम्मान-स्वरूप उन्हें बाद में नासा में रॉकेट निर्माण कार्यक्रम में उच्च पद दिया गया। अमेरिकी सेना के लिए काम करते हुए फ़ॉन ब्रॉन ने युगांतरकारी 'जुपिटर' मिसाइल बनाई, जो संसार की पहली 3000 कि.मी. की दूरी तक मारक क्षमता वाली मध्यम दूरी युद्धक मिसाइल (इंटरमीडिएट रेंज बैलिस्टिक मिसाइल - आई.आर.बी.एम.) थी।

वी.-2 मिसाइल, रॉकेट और मिसाइलों के इतिहास में अपने समय की सबसे बड़ी और एकमात्र उपलब्धि थी। यह वी.एफ़.आर. (सोसायटी फ़ॉर स्पेस फ़्लाइट, जर्मनी) में 1920 के दशक में फ़ॉन ब्रॉन और उनकी टीम के प्रयासों का प्रतिफल थी। असैनिक प्रयासों के रूप में हुई यह शुरुआत शीघ्र ही सरकारी सेना का कार्यक्रम बन गई और फ़ॉन ब्रॉन कुमेरस्डॉर्फ़ स्थित जर्मन मिसाइल प्रयोगशाला के तकनीकी निदेशक बना दिए गए। पहली *वी-2* मिसाइल का परीक्षण जून, 1942 में किया गया, जो नाकामयाब रहा। परीक्षण के समय यह एक ओर झुककर गिर पड़ी और इसमें विस्फोट हो गया, लेकिन 16 अगस्त, 1942 को यह ध्वनि की गति से ज़्यादा गतिवान पहली मिसाइल बन गई।

इस ख़बर ने मुझे एक अजीब रोमांच से भर दिया कि मैं उस शख़्स के साथ यात्रा करने वाला हूँ- एक वैज्ञानिक डिज़ाइनर, प्रोडक्शन इंजीनियर, प्रशासक, टेक्नोलॉजी मैनेजर सब कुछ एक ही व्यक्ति में समाहित।

जिस *एव्रो* हवाई जहाज़ में मैं उन्हें लेकर आया, उसने मद्रास से त्रिवेंद्रम पहुँचने में तक़रीबन नब्बे मिनट लिए। उड़ान के दौरान फ़ॉन ब्रॉन ने मुझसे हमारे काम के बारे में पूछा और इस तरह सुनते रहे, जैसे वे रॉकेट-विज्ञान के एक साधारण विद्यार्थी हों। मैंने क़तई यह उम्मीद नहीं की थी कि आधुनिक रॉकेट-विज्ञान के जनक इतने विनम्र, कुशाग्र और दूसरों का उत्साह बढ़ाने वाले होंगे। पूरी उड़ान के दौरान उन्होंने मुझे सहज बनाए रखा।

उन्हें अमेरिका में कैसा लगता है? यह सवाल मैंने फ़ॉन ब्रॉन से पूछा, जो *अपोलो* अभियान (जिसने पहले मनुष्य को चाँद पर उतारा) में रॉकेट *सैटर्न* (शनि) की रचना करने के बाद अमेरिका में एक श्रद्धेय हस्ती बन गए थे।

'अमेरिका एक अपार संभावनाओं वाला देश है, लेकिन वे हर ग़ैर-अमेरिकी वस्तु को संदेह और अपमानजनक दृष्टि से देखते हैं। वे काफ़ी भीतर तक पैठी एन.आई.एच. (नॉट-इन्वेन्टेड-हियर-यहाँ आविष्कृत नहीं) मनोग्रंथि से पीड़ित हैं और वे अन्य देशों की टेक्नोलॉजी को बेहद तुच्छ समझते हैं। यदि आप रॉकेट-विज्ञान में कुछ करना चाहते हैं, तो अपने आप ही कीजिए' फ़ॉन ब्रॉन ने मुझे सलाह दी।

उन्होंने बात जारी रखी, 'एस.एल.वी.-3 एक विशुद्ध भारतीय डिज़ाइन है और आपकी अपनी परेशानियाँ भी हो सकती हैं, लेकिन आपको याद रखना चाहिए कि व्यक्ति केवल सफलताओं से ही नहीं बनता, असफलताओं से भी बनता है। सिर्फ़ कड़ी मेहनत ही आपको सम्मान नहीं दिलाती। चट्टानों की दीवार बनाना एक रीढ़ की हड्डी तोड़ देने वाला काम है। कुछ लोग ऐसे होते हैं, जो जीवन-भर चट्टानों की दीवारें बनाते हैं और जब वे मरते हैं, तो अपने पीछे, इस बात की मूक साक्षी कि उन्होंने कितनी कड़ी मेहनत की, मीलों लंबी दीवारें छोड़ जाते हैं।'

'लेकिन कुछ दूसरे लोग भी हैं, जो जब एक चट्टान को दूसरी के ऊपर रख रहे होते हैं, तो उनकी आँखों में एक सपना होता है। यह एक छत बनाने का भी हो सकता है जहाँ चट्टानी दीवारों पर गुलाब की डालियाँ चढ़ रही हों और गर्मी के आलस्यपूर्ण दिनों के लिए वहाँ कुर्सियाँ सजाई गई हों या चट्टानी दीवारों के भीतर सेब का बाग़ हो सकता है या सिर्फ़ एक चहारदीवारी-भर हो। महत्व इस बात का है कि जब वे अपना काम ख़त्म करते हैं, तो उनके पास एक दीवार से ज़्यादा कुछ और भी होता है। यह लक्ष्य ही है, जो अंतर पैदा करता है।'

'रॉकेट-विज्ञान को अपना पेशा या अपनी आजीविका मत बनाओ। इसे अपना धर्म, अपना मिशन बनाओ।'

क्या मैंने वर्नहर फ़ॉन ब्रॉन में प्रो. साराभाई की कोई झलक देखी? ऐसा सोचना-भर मुझे ख़ुश कर गया।

परिवार के भीतर तीन मौतें, इतने ही सालों के भीतर होने के बाद मुझे अपने काम के प्रति पूर्ण-प्रतिबद्धता की ज़रूरत थी, ताकि मैं अपना प्रदर्शन बरक़रार रख सकूँ। मैं एस.एल.वी. की रचना में अपना सर्वस्व झोंक देना चाहता था। इस

काल-खंड में, जैसे मैंने अपने जीवन पर 'विराम' का बटन दबा दिया हो- न शामों में बैडमिंटन, न ज़्यादा सप्ताहांत या छुट्टियाँ, न परिवार, न नाते-रिश्तेदार, यहाँ तक कि एस.एल.वी. के दायरे के बाहर दोस्त-यार भी नहीं।

अपने मिशन में कामयाब होने के लिए आप में अपने लक्ष्य के प्रति एकाग्रचित्त समर्पण होना ही चाहिए। मेरे जैसे व्यक्तियों को अक्सर कार्य-व्यसनी कहा जाता है। मुझे इस शब्द पर ऐतराज़ है, क्योंकि यह किसी बीमारी का द्योतक है। यदि मैं लक्ष्य की दिशा में काम करता हूँ, जिसको पाने की मेरी इच्छा संसार में किसी भी अन्य चीज़ से ज़्यादा है, तो इसे गुमराह कैसे माना जा सकता है?

पूर्ण क्षमता से काम करने की इच्छा किसी भी अन्य चीज़ के लिए कोई गुंजाइश मुश्किल से ही छोड़ती है। मेरे साथ ऐसे लोग रहे हैं, जो हफ़्ते में 40 घंटे की अपनी उस नौकरी का भी अपमान करते हैं, जिसके लिए उन्हें वेतन दिया जाता है। मैं दूसरे ऐसे लोगों को भी जानता हूँ, जो सप्ताह में 60, 80 यहाँ तक कि 100 घंटे भी काम करते हैं, क्योंकि उन्हें अपना काम रोमांचकारी और संतोषप्रद लगता है। पूर्ण-प्रतिबद्धता सभी सफल स्त्री-पुरुषों का एक सामान्य लक्षण होती है।

जब आप एक बार यह कर चुकते हैं- अपने आपको चार्ज कर चुके हों पहले की ही तरह, तो काम के प्रति अपनी प्रतिबद्धता के साथ-साथ आपको अच्छे स्वास्थ्य और अंतहीन ऊर्जा की भी ज़रूरत होगी। शिखर पर चढ़ाई शक्ति की माँग करती है- चाहे वह एवरेस्ट की चोटी पर चढ़ने की बात हो या आपके कैरियर का शीर्ष-स्थान पाने की।

'प्रवाह' काम करते समय एक अभिभूत कर देने वाला और आनंदपूर्ण अनुभव होता है- यह एक ऐसा रोमांच है, जिसे हम पूरी लगन से काम करते हुए महसूस करते हैं। प्रवाह के दौरान एक आंतरिक विचार-शक्ति के तहत एक क्रिया, दूसरी क्रिया का अनुसरण करती जाती है, वहाँ काम करने वाले की ओर से सीधे-सीधे हस्तक्षेप की कोई ज़रूरत नज़र नहीं आती। कोई जल्दबाज़ी नहीं और न ही व्यक्ति का ध्यान हटाने वाली कोई माँग। यहाँ कर्ता और कर्म का भेद ग़ायब हो जाता है।

एस.एल.वी. पर कार्यरत हम सभी इस 'प्रवाह' की अनुभूति कर रहे थे।

हालाँकि हम लोग कड़ी मेहनत कर रहे थे, हम बेहद शांतचित्त, ऊर्जावान और तरोताज़ा थे। यह कैसे हो पाया? किसने इस प्रवाह को जन्म दिया? शायद यह उस तथ्य के कारण था कि हमने जो मुश्किल लक्ष्य निर्धारित किए थे, वे वास्तव में संभाव्य लग रहे थे।

जब एस.एल.वी.-3 का स्वरूप साकार होना शुरू हो गया, तो उस पर अपना ध्यान केंद्रित कर पाने की हमारी क्षमता उल्लेखनीय रूप से बढ़ गई। मैंने आत्म-विश्वास का ताक़तवर ज्वार-सा महसूस किया- मैं ख़ुद पर और एस.एल.वी. परियोजना पर पूर्ण नियंत्रण की स्थिति में था।

प्रवाह की स्थिति में आने के लिए पहली ज़रूरी चीज़ है कि जो चीज़ आपके सामने कोई चुनौती पेश करती है, उसके लिए आप जितनी कड़ी से कड़ी मेहनत कर सकते हैं, उतनी करें। वह आप पर छा जाने वाली चुनौती भले न हो, किंतु ऐसी हो, जो आपकी साधारण क्षमता से अधिक हो, कुछ ऐसा कि जो आपको एहसास करा सके कि आप आज किसी काम को उससे बेहतर कर पा रहे हैं, जैसा आपने कल किया था या जब आपने पिछली बार इसे करने की कोशिश की थी।

'प्रवाह' में आने के लिए एक और पूर्व-शर्त है- बिना किसी अवरोध के उसके लिए ज़रूरी, महत्वपूर्ण समय का मिल पाना। मेरे अनुभव में, आधे घंटे से कम समय के भीतर प्रवाह की स्थिति में आना मुश्किल है और तब तो यह लगभग असंभव है, जब आपको लगातार छेड़ा जाता रहे।

मैंने इस स्थिति का अनुभव अनेक बार किया है, एस.एल.वी.-3 के मिशन में लगभग हर दिन। प्रयोगशाला में कई ऐसे दिन भी गुज़रे हैं कि जब मैंने नज़र उठाई, तो प्रयोगशाला ख़ाली पड़ी थी और तब मुझे समझ आया कि मेरा कार्य-समय काफ़ी पहले ख़त्म हो चुका है। ऐसे ही अन्य दिनों में मैं और मेरी टीम के सदस्य अपने काम में इस क़दर मशग़ूल होते कि हमारे यह महसूस किए बग़ैर कि हम भूखे थे, हमारा दोपहर के खाने का समय निकल जाता।

14. आघात, सफलता और मित्र

हमने एस.एल.वी.-3 की परीक्षण उड़ान 10 अगस्त, 1979 को निर्धारित की थी। इस अभियान का प्राथमिक उद्देश्य एक पूर्ण एकीकृत प्रक्षेपण-यान तैयार करना और ऑन-बोर्ड के साथ-साथ ज़मीनी प्रणालियों का मूल्यांकन करना था। 23 मीटर लंबा, 17 टन वज़नी, चार चरण वाला एस.एल.वी. रॉकेट, अंततः 07:58 बजे शानदार तरीक़े से छोड़ दिया गया और तुरंत उसने अपने सुनिश्चित प्रक्षेपण-पथ का अनुसरण शुरू कर दिया।

पहले चरण ने अपना काम पूर्ण सफलतापूर्वक किया। इस चरण से दूसरे चरण में संक्रमण भी सुगमतापूर्वक हो गया। हम मंत्र-मुग्ध होकर अपनी आशाओं को उड़ता हुआ देख रहे थे। लेकिन अचानक, यह तिलिस्म टूट गया। दूसरा चरण नियंत्रण के बाहर चला गया। उड़ान 317 सेकंड्स के बाद ख़त्म हो गई और यान के अवशेष अपने पे-लोड के साथ चौथे चरण सहित श्री हरिकोटा से 560 कि.मी. दूर समुद्र में जा गिरे।

इस घटना ने हम सबको गहरी निराशा में डाल दिया। मुझे ग़ुस्से और कुंठा की मिली-जुली अनुभूति हो रही थी।

मेरे हॉवरक्राफ़्ट *नंदी* की अकाल मृत्यु, रैटो का परित्याग, *डायमॉन्ट* के चौथे चरण का निरस्तीकरण सबके सब एक क्षण में मेरी आँखों के आगे आ गए। पिछले कुछ सालों में मैं बमुश्किल इन तमाम परियोजनाओं की निष्फलता को बर्दाश्त कर पाया था, उन्हें भुला पाया था और नए सपने सँजोने में लग गया था। उस दिन मैंने अपने दुःख के क्षणों में इन में से हर एक आघात को फिर जी लिया।

प्रक्षेपण से पहले के पूरे हफ़्ते मैं मुश्किल से ही कभी सो पाया था। अब मानसिक और शारीरिक रूप से पूरी तरह शक्ति-विहीन होकर मैं सीधे अपने कमरे में गया और बिस्तर पर ढह गया।

अपने कंधे पर एक कोमल स्पर्श ने मुझे जगा दिया। दोपहर को काफ़ी देर हो चुकी थी, शाम तक़रीबन हो रही थी। मैंने डॉ. ब्रह्म प्रकाश को अपने बिस्तर

के किनारे बैठे देखा। 'खाना खाने चलें?' उन्होंने पूछा।

मुझे उनका यह स्नेह और चिंता भीतर तक छू गई। बाद में मुझे पता चला कि वे इसके पहले दो बार मेरे कमरे में आए थे और मुझे गहरी नींद में डूबा हुआ पाकर वापस लौट गए थे। वे इस पूरे समय में मुझे अपने साथ खाना खिलाने के लिए इंतज़ार करते रहे थे। खाने के दौरान डॉ. ब्रह्म प्रकाश ने एस.एल.वी.-3 के ज़िक्र से सावधानीपूर्वक बचते हुए, हल्की-फुल्की बातें ही कीं।

बाद में उन्होंने एस.एल.वी.-3 की पूरी टीम को बुलाया और मुझे दिखा दिया कि एस.एल.वी.-3 की असफलता के अपने दु:ख में मैं अकेला नहीं था। 'तुम्हारे सभी सहकर्मी तुम्हारे साथ खड़े हैं', उन्होंने कहा। इस बात ने मुझे बेहद ज़रूरी भावनात्मक सहारा दिया कि मेरी पूरी टीम मेरे दु:ख में साझेदार है।

उड़ान बाद की समीक्षा में 70 से अधिक वैज्ञानिक शामिल हुए, जिनमें सब के सब यान में पैदा हुई गड़बड़ी के सही-सही कारणों को समझने के लिए उत्सुक थे। सिद्ध यह हुआ कि दुर्घटना दूसरे चरण की नियंत्रण प्रणाली की नाकामी की वजह से हुई। उड़ान के इस चरण पर कोई भी नियंत्रण-बल उपलब्ध नहीं था और इसके पहले कि यान के अगले चरण शुरू हो पाते, यही बात यान के समुद्र में गिरने का कारण बनी।

समीक्षा के निष्कर्ष इसरो के शीर्ष वैज्ञानिकों की एक बैठक में प्रो. धवन के सामने रखे गए। सभी लोग तकनीकी कारण और प्रभाव की इस श्रृंखला से सहमत थे और सभी में इस पूरे अभ्यास को लेकर संतोष का भाव था। फिर भी मैं संतुष्ट नहीं हो पाया और बेचैनी महसूस करने लगा।

एकाएक, मैं उठकर खड़ा हुआ और मैंने कहा कि मिशन का निदेशक होने के नाते, मुझे प्रक्षेपण टाल देना चाहिए था और यदि संभव था, तो उड़ान को बचा लेना चाहिए था। 'विदेश में ऐसी ही स्थिति में मिशन निदेशक को अपनी नौकरी गँवानी पड़ती। इसलिए मैं एस.एल.वी.-3 की असफलता की ज़िम्मेदारी स्वीकार करता हूँ', मैंने घोषित किया। कुछ देर के लिए पूरे हॉल में सन्नाटा छा गया।

तब, प्रो. धवन उठकर खड़े हुए और बोले, 'अब मैं कलाम को पृथ्वी की कक्षा में भेजने जा रहा हूँ!' वे बैठक ख़त्म होने का संकेत करते हुए बाहर निकल गए।

विज्ञान की खोज-यात्रा महान उल्लास और घोर निराशा का संयोग होती है। मैंने मन ही मन कई उदाहरण याद किए- मसलन, जोहानेस केप्लर और फ़ॉन ब्रॉन, जिनके *सैटर्न* प्रक्षेपण-यान ने मनुष्य को चाँद पर उतारा। मैंने उनकी नाकामियों और कुंठाओं के बारे में सोचा। इन विचारों ने मुझे प्रत्यक्ष रूप से अपरिवर्तनीय आघातों से उबरने की शक्ति दी।

* * *

नवंबर, 1979 के शुरू में डॉ. ब्रह्म प्रकाश सेवा-निवृत्त हो गए। वे हमेशा मेरे संबल बने रहे। टीम भावना में उनकी आस्था ने एस.एल.वी. परियोजना की प्रबंधन पद्धति को जो प्रेरणा दी, वही आगे चलकर देश की तमाम वैज्ञानिक परियोजनाओं के लिए अनुकरणीय दस्तावेज़ बन गई।

डॉ. ब्रह्म प्रकाश ने न सिर्फ़ मेरे उन गुणों को मज़बूत किया, जो मैंने प्रो. साराभाई से ग्रहण किए थे, बल्कि उन्हें नए आयाम देने में भी मदद की। वे हमेशा मुझे जल्दबाज़ी करने को लेकर सावधान करते हुए कहा करते थे, 'बड़ी वैज्ञानिक परियोजनाएँ पहाड़ों जैसी होती हैं, जिन पर आहिस्ता-आहिस्ता चढ़ना होता है। यह चोटी पर पहुँचने के लिए एक ऐसे पहाड़ पर चढ़ने जैसी है, जिसके किनारों का कोई पता नहीं होता। पहाड़ियों के किनारे ही जीवन को बनाए रखते हैं, चोटी नहीं। यह वह जगह है जहाँ चीज़ें पैदा होती हैं, अनुभव हासिल किया जाता है और प्रौद्योगिकी में महारत संभव होती है। चोटी का महत्व सिर्फ़ इस तथ्य में निहित है कि यह पहाड़ के किनारों को परिभाषित करती है।'

15. अंततः सफलता!

17 जुलाई, 1980 को एस.एल.वी.-3 के दूसरे प्रक्षेपण के 30 घंटे पहले समाचार-पत्र हर तरह की भविष्यवाणियों से भरे पड़े थे। एक अख़बार ने ख़बर छापी, 'परियोजना के निदेशक लापता हैं और उनसे संपर्क नहीं हो पाया।'

अनेक रिपोर्टों ने एस.एल.वी.-3 की पहली उड़ान का इतिहास ढूँढ़ने को प्राथमिकता दी और याद दिलाया कि कैसे रॉकेट समुद्र में गोता खा गया था। कइयों ने देश की तमाम समस्याओं का विस्तृत विवरण छापा और उसे एस.एल.वी.-3 से जोड़ दिया। मैं केवल इतना जानता था कि अगले दिन की उड़ान देश के अंतरिक्ष कार्यक्रम का भविष्य निर्धारित कर देगी। सरल शब्दों में, सारे देश की आँखें हम पर लगी हुई थीं।

18 जुलाई, 1980 की सुबह-सुबह, ठीक 8 बजकर 03 मिनट पर भारत का पहला उपग्रह प्रक्षेपण-यान एस.एल.वी.-3, श्री हरिकोटा रॉकेट प्रक्षेपण केंद्र से ऊपर उठ गया।

उस शोर-शराबा भरे माहौल के बीच मैंने जो महत्वपूर्ण शब्द कहे, वैसे शब्द अपने जीवन में कभी नहीं कहे थे, 'मिशन निदेशक की सभी केंद्रों को सूचना है। एक महत्वपूर्ण उद्घोषणा के लिए तैयार रहिए। सभी चरणों ने मिशन की ज़रूरतों के मुताबिक़ काम किया है। चौथे चरण की भू-कक्षीय (एपोजी) मोटर ने *रोहिणी* उपग्रह को पृथ्वी की कक्षा में स्थापित करने के लिए ज़रूरी गति प्रदान की है।'

हर जगह से ख़ुशी की चीख़ें गूँज रही थीं। जब मैं ब्लॉक हाउस (गढ़ाई कार्यशाला) से बाहर निकला, जश्न मना रहे मेरे सहकर्मियों ने मुझे कंधों पर उठाया और जुलूस बनाकर चल दिए।

सारा देश रोमांचित था। भारत उन राष्ट्रों के छोटे-से समूह में प्रवेश कर गया था, जिनके पास उपग्रह प्रक्षेपण की क्षमता थी। समाचार-पत्रों ने ख़बर प्रमुख सुर्खियों में प्रकाशित की। दूरदर्शन केंद्रों ने विशेष कार्यक्रम प्रसारित किए। संसद ने इस उपलब्धि का मेज़ें थपथपाकर स्वागत किया। यह एक राष्ट्रीय स्वप्न की परिणति और राष्ट्र के इतिहास में एक बहुत महत्वपूर्ण दौर की शुरुआत थी।

इसरो के अध्यक्ष प्रो. सतीश धवन ने घोषित किया कि अब अंतरिक्ष की संभावनाओं की खोज पूरी तरह से हमारी क्षमता के भीतर है। प्रधानमंत्री श्रीमती इंदिरा गाँधी ने बधाई का तार भेजा, लेकिन सबसे महत्वपूर्ण थी भारत की वैज्ञानिक बिरादरी की प्रतिक्रिया- हर एक इस शत-प्रतिशत स्वदेशी प्रयास पर गर्व कर रहा था।

एस.एल.वी.-3 की सफलता का श्रेय सर्वप्रथम भारतीय अंतरिक्ष कार्यक्रम के महापुरुषों को जाता है- विशेष रूप से प्रो. साराभाई को, जिन्होंने इस प्रयास का सपना देखा, फिर विक्रम साराभाई अंतरिक्ष केंद्र के कार्यकर्ताओं को, जिन्होंने अपनी अद्‌भुत इच्छा-शक्ति के ज़रिए अपनी हैसियत साबित कर दिखाई और प्रो. धवन एवं डॉ. ब्रह्म प्रकाश, जिन्होंने इस परियोजना का नेतृत्व किया।

मैंने मिली-जुली भावनाएँ महसूस कीं। मैं सफलता पाकर ख़ुश था, जो मुझसे पिछले दो दशकों से दूर-दूर थी, लेकिन मैं उदास भी था, क्योंकि जिन लोगों ने मुझे प्रेरणा दी, वे मेरी ख़ुशी बाँटने के लिए मेरे साथ नहीं थे- मेरे माता-पिता, मेरे बहनोई जनाब जलालुद्‌दीन और प्रो. साराभाई।

उस शाम हमने खाना देर से खाया। धीरे-धीरे जश्न मनाने वालों का शोर-गुल और भीड़-भाड़ शांत हो गई और मैं थकान से चूर होकर सोने चला गया।

इस सफलता के महीने-भर के भीतर ही, मैंने नेहरू विज्ञान केंद्र बंबई के निमंत्रण पर अपने अनुभव बाँटने के लिए एक दिन का दौरा किया। वहाँ मुझे नई दिल्ली से प्रो.धवन का फ़ोन मिला, जिन्होंने मुझे अगली सुबह अपने पास बुलाया। हमें प्रधानमंत्री श्रीमती इंदिरा गाँधी से मिलना था।

नेहरू केंद्र के मेरे मेज़बानों ने मेहरबानी कर मेरे दिल्ली के टिकिट का इंतज़ाम करा दिया, लेकिन मेरी एक परेशानी थी। यह मेरे कपड़ों को लेकर थी। मैं हमेशा की तरह सादा कपड़े और हवाई चप्पलें पहने था, जो किसी भी तरह से प्रधानमंत्री से मुलाक़ात के लिए उपयुक्त पहनावा नहीं था!

जब मैंने प्रो.धवन को अपनी इस समस्या के बारे में बताया, तो उन्होंने मुझे इसकी फ़िक्र न करने को कहा। 'तुम तो सफलता के सुंदर कपड़ों से सजे हुए हो!' - उन्होंने जोड़ा।

अगली सुबह प्रो. धवन और मैं संसद भवन की एनेक्सी पहुँचे। वहाँ प्रधानमंत्री की अध्यक्षता में विज्ञान एवं टेक्नोलॉजी के संसदीय पैनल की बैठक आयोजित थी। एक शाही झूमर से रोशन इस कक्ष में लोकसभा एवं राज्यसभा के लगभग 30 सदस्य उपस्थित थे। प्रो. एम.जी.के. मेनन और डॉ. नाग चौधरी भी वहाँ थे।

प्रधानमंत्रीजी ने एस.एल.वी.-3 की सफलता के बारे में सदस्यों को बताया

तथा हमारी उपलब्धि की सराहना की। प्रो. धवन ने उपस्थित सदस्यों को देश में अंतरिक्ष अनुसंधान को प्रोत्साहन देने के लिए धन्यवाद दिया और इसरो के वैज्ञानिकों एवं इंजीनियरों का आभार व्यक्त किया।

तब श्रीमती गाँधी ने कहा, 'कलाम! हम आपकी बात सुनना चाहेंगे।' मैं इस अनुरोध से अचंभित हो गया।

हिचकिचाते हुए, मैं उठा और बोला, 'राष्ट्र निर्माताओं की इस श्रेष्ठ सभा में उपस्थित होकर मैं अपने आपको सचमुच सम्मानित महसूस कर रहा हूँ। मैं तो सिर्फ़ इतना ही जानता हूँ कि हम अपने देश में एक ऐसी रॉकेट प्रणाली का निर्माण किस तरह कर सकते हैं, जो अपने ही देश में बने उपग्रह को 25 हज़ार कि.मी. प्रति घंटे की गति देकर छोड़ सके।'

तालियों की गड़गड़ाहट गूँज उठी। मैंने सदस्यों को, हमें एस.एल.वी.-3 जैसी परियोजना पर काम करने और अपने देश की वैज्ञानिक शक्ति को सिद्ध करने का अवसर देने के लिए धन्यवाद दिया। सारा कमरा ख़ुशी से जगमगा रहा था।

* * *

अब, जबकि एस.एल.वी.-3 परियोजना सफलतापूर्वक पूरी हो चुकी थी, विक्रम साराभाई अंतरिक्ष केंद्र को अपने संसाधनों को पुनर्नियोजित तथा लक्ष्यों को पुनर्परिभाषित करना था। मैं परियोजना गतिविधियों से छुट्टी लेना चाहता था। परिणामस्वरूप मेरी टीम के श्री वेद प्रकाश सैंडलास एस.एल.वी.-3 निरंतरता परियोजना के निदेशक बना दिए गए, जिसका लक्ष्य समान श्रेणी के कार्यशील उपग्रह प्रक्षेपण-यान तैयार करना था।

एस.एल.वी.-3 को कुछ तकनीकी सुधारों के ज़रिए उन्नत बनाने की दृष्टि से परिवर्द्धित उपग्रह प्रक्षेपण-यान (ऑगमेंटेड सैटेलाइट लॉन्च व्हीकल-ए.एस.एल.वी.) का विकास कार्यक्रम काफ़ी समय से विचाराधीन था। लक्ष्य था एस.एल.वी.-3 की पे-लोड ले जाने की क्षमता 40 कि.ग्रा. से बढ़ाकर 50 कि.ग्रा. करना। मेरी ही टीम के श्री एम.एस.आर. देव ए.एस.एल.वी. के परियोजना निदेशक नियुक्त किए गए।

तत्पश्चात्, 900 कि.मी. ऊँची सूर्य सहकालिक (सन-सिंक्रॉन्स) कक्षा तक पहुँचने के लिए ध्रुवीय उपग्रह प्रक्षेपण-यान (पोलर-सैटेलाइट लॉन्च

व्हीकल-पी.एस.एल.वी.) का निर्माण किया जाना था। भू-सहकालिक उपग्रह प्रक्षेपण-यान (जियो-सिंक्रॉनस सैटेलाइट लॉन्च व्हीकल - जी.एस.एल.वी.) की कल्पना भी की गई थी, हालाँकि यह एक दूर का सपना था। मैंने वायु-गति विज्ञान डिज़ाइन समूह (एअरो स्पेस डायनैमिक्स एंड डिज़ाइन ग्रुप - ए.डी.डी.सी.) के निदेशक का पद सँभाला, ताकि मैं आगे आने वाले प्रक्षेपण-यानों का ख़ाका तैयार कर सकूँ तथा तकनीकी विकास का काम देख सकूँ।

विक्रम साराभाई अंतरिक्ष केंद्र का मौजूदा ढाँचा भविष्य की उपग्रह प्रक्षेपण-यान प्रणालियों के आकार तथा भार को सँभाल पाने के लिए पर्याप्त नहीं था। इन सभी परियोजनाओं को कार्य रूप देने के लिए उच्च विशेषीकृत सुविधा-केंद्रों की ज़रूरत पड़नी थी। वी.एस.एस.सी. की गतिविधियों के इस विस्तार के लिए वात्तियूरकावु और वालियामला में नई जगहें तलाशी गईं।

नई योजनाओं का निर्माण तथा विश्लेषण विशेषत: सुविधा केंद्रों के संदर्भ में शुरू हुआ। इस समय हमने जिन गतिविधियों को हाथ में लिया, उन्होंने 'पुन: प्रवेश प्रयोग' (रि-एंट्री एक्सपेरिमेंट-रेक्स) की रचना का मार्ग प्रशस्त किया, जो काफ़ी समय बाद 'अग्नि' के रूप में प्रकट हुआ।

16. बढ़ते क़दम

एस.एल.वी.-3 की अगली उड़ान, एस.एल.वी.-3 डी1, 31 मई, 1981 को हुई। मैंने इस उड़ान को अतिथि-दीर्घा से देखा। यह पहली बार हुआ, जब मैंने कोई प्रक्षेपण, नियंत्रण-कक्ष के बाहर देखा।

एक कड़वी सच्चाई, जिसका मुझे सामना करना पड़ा, वह यह थी कि मीडिया की नज़रों के केंद्र में आ जाने के कारण, मैंने अपने कुछ वरिष्ठ सहकर्मियों के मन में ईर्ष्या जगा दी थी, उनमें सभी ने एस.एल.वी.-3 की सफलता में बराबरी से योगदान किया। क्या मैं इस नए वातावरण के ठंडेपन से आहत था? शायद हाँ, लेकिन जिसे मैं बदल नहीं सकता था, उसे स्वीकार करने को तैयार था।

मैंने कभी किसी दूसरे व्यक्ति के दिमाग़ का फ़ायदा नहीं उठाया। मेरा जीवन कभी एक निर्दयी उपलब्धि हासिल करने वाले जैसा नहीं रहा। एस.एल.वी.-3 का निर्माण किसी ताक़त के दम पर नहीं, बल्कि सतत्, सामूहिक प्रयास से हुआ था। तब यह कटुता का भाव किसलिए? क्या यह वी.एस.एस.सी. के शीर्ष स्तर की अपनी ख़ासियत थी या एक सार्वभौमिक सच्चाई? यह कटुता वास्तविक थी और मुझे इसका तार्किक समाधान करना ही था।

जनवरी, 1981 में मुझे देहरादून स्थित उच्च-उन्नतांश प्रयोगशाला (हाई ऑल्टीट्यूट लैबोरेटरी, अब डिफ़ेंस इलेक्ट्रॉनिक्स एप्लीकेशन लैबोरेटरी या 'डील') के डॉ. भागीरथ राव ने एस.एल.वी.-3 पर व्याख्यान देने के लिए आमंत्रित किया।

प्रख्यात नाभिकीय-वैज्ञानिक डॉ. भागीरथ, जिनका मैं हमेशा से मुरीद था और जो उन दिनों रक्षा-मंत्री के वैज्ञानिक सलाहकार थे, उस समारोह की अध्यक्षता कर रहे थे। उन्होंने नाभिकीय ऊर्जा पैदा करने के लिए भारत के प्रयासों तथा शांतिपूर्ण उद्देश्यों के लिए पहले नाभिकीय परीक्षण की चुनौतियों पर व्याख्यान दिया। चूँकि मैं एस.एल.वी.-3 के साथ गहराई से जुड़ा था, यह स्वाभाविक ही था कि जल्द ही इस भाषण के सम्मोहन में बँध जाता। बाद में, प्रो. रामन्ना ने मुझे एक निजी मुलाक़ात के लिए चाय पर बुलाया।

जब मैं प्रो. रामन्ना से मिला, तो जो पहली बात मुझे लगी, वह थी मुझसे मिलने पर उनकी सच्ची ख़ुशी। उनकी बातों में एक उत्सुकता थी, एक तत्काल, सद्भावपूर्ण मैत्री-भाव, जो उनके गतिपूर्ण शालीन शारीरिक हाव-भाव से जुड़ा हुआ था। उस शाम ने मुझे प्रो. साराभाई के साथ अपनी पहली मुलाक़ात की यादें लौटा दीं। उन्होंने मुद्दे पर आने में ज़्यादा वक़्त नहीं लिया।

डी.आर.डी.एल. में श्री नारायणन और उनकी टीम द्वारा हासिल शानदार उपलब्धियों के बावजूद 'डेविल' मिसाइल कार्यक्रम ही दुराग्रहपूर्ण उदासीनता से ग्रस्त था। डी.आर.डी.ओ. को ऐसे व्यक्ति की ज़रूरत थी, जो उनके मिसाइल कार्यक्रमों की कमान सँभाल सके, जो ड्रॉइंग बोर्ड पर अटके तथा निष्क्रिय परीक्षण पूर्व चरणों पर ही रुके हुए थे। प्रो. रामन्ना ने मुझसे पूछा कि क्या मैं डी.आर.डी.एल. में आना और उनके द्वारा निर्देशित मिसाइल विकास कार्यक्रम (गाइडेड मिसाइल विकास प्रोग्राम -जी.एम.डी.पी.) को आकार देने की ज़िम्मेदारी अपने कंधों पर लेना चाहूँगा?

प्रो. रामन्ना के प्रस्ताव ने मेरे भीतर तरह-तरह की भावनाओं को उद्वेलित कर दिया। मुझे ऐसा मौक़ा फिर कब मिलेगा, जब मैं रॉकेट-विज्ञान के हमारे समग्र ज्ञान को मज़बूत कर सकूँ और उसे इस्तेमाल में ला सकूँ?

प्रो. रामन्ना आदर की जिस भावना से मुझे ले रहे थे, उससे मैं ख़ुद को गौरवान्वित महसूस कर रहा था। वे पोखरण नाभिकीय परीक्षण (1974) के मार्गदर्शक प्रेरणा स्रोत थे और मैं भारत की तकनीकी हैसियत की ओर सारी दुनिया का ध्यान खींच लेने की उनकी योग्यता से रोमांचित हो उठा था। मैं जानता था कि मैं उन्हें मना नहीं कर पाऊँगा। प्रो. रामन्ना ने मुझे प्रो. धवन से बात करने और मेरे इसरो से डी.आर.डी.एल. में स्थानांतरण की विस्तृत रूपरेखा तैयार करने का अनुरोध करने की सलाह दी।

मैं प्रो. धवन से 14 जनवरी को मिला। उन्होंने धैर्यपूर्वक मेरी बात सुनी- सारी चीज़ों को सावधानी से तौलते-परखते हुए ताकि वे यह सुनिश्चित कर सकें कि उनसे कहीं कुछ छूट न गया हो। अंततः वे बोले, 'मैं ख़ुश हूँ कि उन्होंने तुम्हारे काम का मूल्य समझा।'

'मैं समझ नहीं पा रहा था कि मुझे इस बात को कैसे आगे बढ़ाना चाहिए। क्या मुझे इस पद के लिए औपचारिक आवेदन पत्र भेजना चाहिए, ताकि डी.आर.डी.एल. नियुक्ति पत्र भेज सके?'- मैंने प्रो. धवन से जानना चाहा।

'नहीं। उन पर दबाब मत डालो। मेरे अगले दिल्ली दौरे के समय मुझे उनके प्रबंधन से बात कर लेने दो'- प्रो. धवन ने कहा। साथ ही यह भी जोड़ा- 'मैं जानता हूँ कि तुम्हारा एक पाँव हमेशा से ही डी.आर.डी.ओ. में था। अब तुम्हारा पूरा गुरुत्व-केंद्र ही उनकी तरफ़ हो गया लगता है।'

संभवतः प्रो. धवन मुझसे जो कह रहे थे, उसमें सच्चाई का पुट था, लेकिन मेरा मन हमेशा इसरो में ही था। क्या वे सचमुच इस बात से अनजान थे? इसरो में बिताया अठारह वर्ष का समय बिना तकलीफ़ के छोड़ने के लिए काफ़ी लंबा अरसा था।

इस बीच 1981 का गणतंत्र दिवस अपने साथ एक सुखद आश्चर्य लेकर आया। प्रो. यू.आर. राव के सचिव श्री महादेवन ने दिल्ली से फ़ोन करके बताया कि गृह मंत्रालय ने घोषणा की है कि मुझे पद्मभूषण पुरस्कार दिया जा रहा है। प्रो. धवन ने भी मुझे जी-भरकर बधाई दी। तब मैंने डॉ. ब्रह्म प्रकाश को फ़ोन

लगाया और उन्हें धन्यवाद दिया। डॉ. ब्रह्म प्रकाश ने औपचारिकता दिखाने के लिए मेरी खिंचाई की और बोले, 'मुझे लग रहा है जैसे मेरे बेटे को पुरस्कार मिला है।' मैं डॉ. ब्रह्म प्रकाश के स्नेह से इतने भीतर तक भर गया कि अपनी भावनाओं को क़ाबू में नहीं रख पाया।

मुझे पद्मभूषण मिलने की वी.एस.एस.सी. में मिली-जुली प्रतिक्रिया हुई। जहाँ कुछ लोग मेरी ख़ुशी में शामिल थे, वहीं दूसरे थे, जो यह महसूस कर रहे थे कि सम्मान के लिए अकेले मुझे चुना जाना अनुचित है। यहाँ तक कि मेरे क़रीबी सहयोगियों में से भी कुछ मेरे प्रति ईर्ष्यालु हो गए।

17. एक नया काम और एक शादी

इन्हीं दिनों, मेरी सेवाओं को लेकर इसरो, जो मुझे कार्य-मुक्त करने में थोड़ा हिचकिचा रहा था और डी.आर.डी.ओ., जो मुझे अपने यहाँ बुलाना चाहता था, के बीच कुछ खींचतान हो गई।

कई महीने गुज़र गए, कई चिट्ठियाँ यहाँ से वहाँ होती रहीं। प्रो. रामन्ना वैज्ञानिक सलाहकार पद से सेवा-निवृत्त हो गए और डॉ. वी.एस. अरुणाचलम उनके पद पर नियुक्त हुए। छोटे-मोटे संदेहों से, जिनके कारण पिछले साल-भर से देर पर देर हो रही थी, पार पाकर डी.आर.डी.एल. के निदेशक के पद पर मेरी नियुक्ति का निर्णय अंततः फ़रवरी, 1982 में हो पाया।

इसरो मुख्यालय में प्रो. धवन अक्सर मेरे कमरे में आ जाया करते थे और हम दोनों कई घंटे साथ में बिताते थे। मेरे इसरो छोड़ने के पहले प्रो. धवन ने मुझसे सन् 2000 तक के भारत के अंतरिक्ष कार्यक्रम के परिदृश्य पर एक वार्ता प्रस्तुत करने को कहा। इस वार्ता में, जो एक विदाई समारोह के रूप में आयोजित थी, इसरो के लगभग सभी लोग- प्रबंधन तथा कर्मचारीगण शामिल हुए।

अपने संभावित कार्य-स्थल से भलीभाँति परिचित होने के लिए मैंने अप्रैल, 1982 में डी.आर.डी.एल. का दौरा किया। डी.आर.डी.एल. के उस वक़्त के निदेशक डॉ. एस.एल. बंसल ने मुझे पूरी प्रयोगशाला दिखाई और वहाँ कार्यरत वरिष्ठ वैज्ञानिकों से मुझे परिचित कराया।

इसी बीच मद्रास के अन्ना विश्वविद्यालय ने मुझे 'डॉक्टर ऑफ़ साइंस' की मानद उपाधि प्रदान की। मैंने अपनी एयरोनॉटिकल इंजीनियरिंग की उपाधि लगभग 20 साल पहले हासिल की थी और मैं वाक़ई ख़ुश था कि अन्ना विश्वविद्यालय ने रॉकेट-विज्ञान के क्षेत्र में मेरे प्रयासों को मान्यता दी, लेकिन जिस बात ने मुझे सबसे ज़्यादा ख़ुशी दी, वह यह कि अकादमिक जंगल में हमारे काम का मूल्य समझा गया। मेरे लिए इससे अधिक प्रसन्नता की बात और क्या हो सकती थी कि यह मानद उपाधि मुझे उस दीक्षांत समारोह में प्रदान की गई, जिसकी अध्यक्षता प्रो. रामन्ना कर रहे थे।

मैंने 1 जून, 1982 को डी.आर.डी.एल. के निदेशक का पद सँभाल लिया। बहुत जल्दी ही मैंने यह बात महसूस कर ली कि यह प्रयोगशाला 'डेविल' मिसाइल परियोजना को समेटे जाने के सदमे से अभी तक पीड़ित है। अनेक असाधारण प्रतिभावान पेशेवर व्यक्ति अपनी निराशा से अभी तक नहीं उबर पाए थे।

मैंने यह भी महसूस किया कि 'डेविल' की अंत्येष्टि उम्मीदों और नई दृष्टि के उत्थान के लिए अनिवार्य हो गई थी। कोई एक महीने बाद, नौसेना अध्यक्ष ओ.एस. डॉसन डी.आर.डी.एल. के दौरे पर आए और मैंने उनके इस दौरे का इस्तेमाल अपनी टीम को अपनी बात समझाने के लिए एक अवसर के रूप में इस्तेमाल किया।

मैंने यहाँ विकसित किए जा रहे टैक्टिकल कोर व्हीकल (टी.सी.वी.) की समुद्र मंथनकारी भूमिका पर ज़ोर दिया। मैंने न सिर्फ़ इसकी तकनीकी बारीकियाँ, बल्कि युद्ध-क्षेत्र में इसकी क्षमताओं पर भी ध्यान केंद्रित किया। मैंने इसकी निर्माण योजनाओं को भी रेखांकित किया। मेरे नए सहयोगियों के लिए संदेश दमदार एवं साफ़ था- ऐसी कोई चीज़ मत बनाओ, जिसे बाद में बेच न सको और सिर्फ़ एक ही चीज़ बनाने में जीवन ख़र्च मत करो।

डी.आर.डी.एल. में मेरे शुरुआती कुछ महीने व्यापक रूप से एक-दूसरे से मेल-जोल बढ़ाने वाले रहे। मैंने न केवल हमारे लक्ष्यों, बल्कि हमारे काम और हमारे व्यक्तित्व के अंतर्संबंधों का वर्णन किया और उनकी व्याख्या की।

मैं डी.आर.डी.एल. के कार्यकर्ताओं की संकल्प-शक्ति देखकर दंग था, जो अपने पूर्व की परियोजनाओं के असमय ठंडे बस्ते में डाल दिए जाने के

बावजूद आगे बढ़ने के लिए उत्सुक थे। मैंने तमाम उप-प्रणालियों की समीक्षा की व्यवस्था की।

डी.आर.डी.ओ. के घिसे-पिटे तौर-तरीक़ों को दुरुस्त करने के लिए मैंने इंडियन इंस्टीट्यूट ऑफ़ साइंस, इंडियन इंस्टीट्यूट ऑफ़ टेक्नोलॉजी, काउंसिल फ़ॉर साइंटिफ़िक एंड इंडस्ट्रियल रिसर्च, टाटा इंस्टीट्यूट ऑफ़ फ़ंडामेंटल रिसर्च और अनेक दूसरे रिसर्च संस्थानों से, जहाँ संबंधित विषयों के विशेषज्ञ मिल सके, लोगों को आमंत्रित करना शुरू किया। मैंने महसूस किया कि डी.आर.डी.एल. के घुटन भरे कार्य-केंद्रों को ताज़ा हवा की ज़रूरत है।

इसरो भाग्यशाली था कि प्रो. साराभाई और प्रो.धवन उसके मुखिया रहे- ऐसे नायक, जिन्होंने अपने लक्ष्यों को स्पष्ट रूप से रेखांकित किया, अपने मिशनों को स्वयं अपने जीवन से भी व्यापक बनाया और इस प्रकार वे अपने सारे कार्यदल को प्रेरित कर पाए। डी.आर.डी.एल. इतना ख़ुशनसीब नहीं रहा।

डी.आर.डी.एल. में अनुसंधान और विकास की गतिविधियों की रफ़्तार बढ़ाने के लिए महत्वपूर्ण वैज्ञानिक तकनीकी और प्रौद्योगिक समस्याओं पर शीघ्र निर्णय लिया जाना ज़रूरी था। अपने पूरे कामकाजी जीवन में मैंने वैज्ञानिक मामलों में खुलेपन को पूरी ईमानदारी से आगे बढ़ाया था, अतः जो पहला बड़ा निर्णय हमने लिया, वह था वरिष्ठ वैज्ञानिकों का एक फ़ोरम बनाने का, जहाँ महत्वपूर्ण मुद्दों पर सामूहिक चर्चा हो सके। इस प्रकार, डी.आर.डी.एल. के भीतर ही मिसाइल टेक्नोलॉजी समिति नाम से एक उच्चस्तरीय समूह का गठन किया गया। हमने एक कार्यक्रम तैयार किया, जिसके ज़रिए मध्यम दर्ज़े के वैज्ञानिकों एवं इंजीनियरों को प्रयोगशाला की प्रबंधन गतिविधियों में शामिल किया जा सके।

कई दिनों के निरंतर विचार-विमर्श एवं चिंतन के बाद दीर्घ अवधि के निर्देशित मिसाइल विकास कार्यक्रम का ख़ाका खींचा गया। मैंने कहीं पढ़ा था- 'दुनिया में बड़ी बात यह जानना नहीं है कि हम कहाँ खड़े हैं, बल्कि यह है कि हम किस दिशा में जा रहे हैं।' इसलिए यदि हमारे पास पश्चिम जैसी प्रौद्योगिकी शक्ति नहीं थी, तो क्या हुआ? हम निश्चय ही यह जानते थे कि हमें ताक़त हासिल करनी ही होगी और यही संकल्प हमारी प्रेरक-शक्ति था।

स्वदेशी मिसाइलों के उत्पादन के लिए एक स्पष्ट एवं सु-परिभाषित

कार्यक्रम का ख़ाका तैयार करने के लिए मेरे सभापतित्व में एक समिति गठित की गई। हमने राजनैतिक मामलों पर मंत्रिमंडलीय समिति (कैबिनेट कमेटी ऑन पॉलिटिकल अफ़ेयर्स) के अध्ययन के लिए एक दस्तावेज़ तैयार किया। इस दस्तावेज़ को सेना के तीनों अंगों- थल, जल और वायु सेना के प्रतिनिधियों से विचार-विमर्श के बाद अंतिम रूप दिया गया था। हमने 12 वर्ष की अवधि के दौरान 390 करोड़ रुपए के ख़र्च का अनुमान लगाया था।

विकास कार्यक्रम अक्सर उत्पादन-चरण में पहुँचने के समय तक आकर मुख्यतः पैसे की कमी के कारण, बीच में अटक जाते हैं। हमने दो मिसाइलों- एक, कम ऊँचाई पर तुरंत प्रतिक्रिया करने वाली टेक्नीकल कोर व्हीकल और दूसरी, मध्यम दूरी की सतह से सतह पर मार करने वाली हथियार प्रणाली के विकास और उत्पादन के लिए, पैसा माँगा था। डी.आर.डी.एल. टैंक-प्रतिरोधी मिसाइलों के क्षेत्र में अपने पहलकारी कार्य के लिए सुविख्यात थी। हमने तीसरी पीढ़ी की एक टैंक-प्रतिरोधी, 'फ़ायर एंड फ़ॉरगेट' (चलाओ और भूल जाओ) क्षमता-युक्त निर्देशित मिसाइल विकसित करने का प्रस्ताव किया था। मेरे सभी सहकर्मी इस प्रस्ताव से ख़ुश थे। उन्होंने इसमें नई गतिविधियों को आगे बढ़ाने का अवसर देखा।

मैंने एक बैठक में सरकार के सामने इस संबंध में प्रस्तुतिकरण दिया। इस बैठक की अध्यक्षता रक्षा-मंत्री कर रहे थे तथा तीनों सेना प्रमुख एवं अन्य वरिष्ठ अधिकारियों ने भी इसमें शिरकत की। लग रहा था जैसे- प्रौद्योगिकी के क्षेत्र में बुनियादी ढाँचे, व्यवहार्यता कार्यक्रम और लागत जैसे मामलों में हमारी क्षमताओं पर हर एक के मन में सभी तरह के संदेह थे। डॉ. अरुणाचलम सवाल-जवाब के इस पूरे सत्र के दौरान मेरे पक्ष में डटे रहे। हालाँकि हमारी महत्वाकांक्षी योजना पर कुछ ने ज़रूर सवाल उठाए। सभी इस विचार से उत्तेजित थे कि भारत के पास अपनी स्वयं की मिसाइल प्रणाली हो। अंत में रक्षा-मंत्री श्री आर. वेंकटरमन ने हम से शाम को, लगभग तीन घंटे बाद मिलने को कहा।

बीच का समय हमने संभावनाओं पर विचार करते हुए बिताया। यदि वे केवल 100 करोड़ रुपए स्वीकृत करते हैं, तो हम उनका वितरण कैसे करेंगे? यदि मान लें कि वे हमें 200 करोड़ रुपए देते हैं, तो हम क्या करेंगे? जब हम शाम को रक्षा-मंत्री से मिले, तो मुझे मन ही मन लग रहा था कि हमें थोड़ा-

बहुत पैसा ज़रूर मिलेगा।

...लेकिन जब उन्होंने सुझाव दिया कि हमें अलग-अलग चरणों में मिसाइलें बनाने के बजाय सीधे 'एकीकृत निर्देशित मिसाइल कार्यक्रम' (जी.एम.डी.पी.) शुरू करना चाहिए, तो हमें अपने कानों पर भरोसा नहीं हुआ और हमें दोबारा सोचने का वक़्त माँगना पड़ा।

'कल सुबह फिर आइए, कृपया अपनी योजना लेकर', रक्षा-मंत्री ने उत्तर दिया।

उस रात डॉ. अरुणाचलम और मैं अपनी योजना को दोबारा बनाने में जुटे रहे। हमने अपने प्रस्ताव में कुछ महत्वपूर्ण बदलाव किए, जिनमें सभी बिंदुओं, मसलन-डिज़ाइन, निर्माण, प्रणाली-एकीकृत, प्रायोगिक उड़ानें, मूल्यांकन, उपयोगितापरक परीक्षणों को समयानुरूप करने, गुणवत्ता विश्वसनीयता तथा वित्तीय-व्यवस्था का हिसाब-किताब ध्यान में रखा। हम अपनी सेनाओं को समकालीन मिसाइलें देना चाहते थे न कि बीते ज़माने के हथियारों की सूची। एक बेहद उत्तेजक चुनौती हमारे सामने पेश की गई थी।

जब हमारा काम ख़त्म हुआ, तब तक सुबह हो चुकी थी। अचानक नाश्ते की मेज़ पर मुझे याद आया कि उसी शाम मुझे रामेश्वरम् में अपनी भतीजी ज़मीला की शादी में शामिल होना है, लेकिन उस समय तक, कुछ भी करने के लिए काफ़ी देर हो चुकी थी। यदि मैं बैठक के बाद दिन में मद्रास की उड़ान पकड़ भी लूँ, तो वहाँ से रामेश्वरम् कैसे पहुँचूँगा? एक अपराध बोध की टीस ने मेरे उत्साह को ठंडा कर दिया। मैंने अपने आपसे पूछा- 'क्या अपने परिवार के प्रति अपने फ़र्ज़ और उसकी ज़िम्मेदारियों को भुला देना उचित होगा?' ज़मीला मेरे लिए बेटी से भी ज़्यादा थी। उसकी शादी छोड़ देने का विचार बेहद तकलीफ़देह था। मैंने नाश्ता ख़त्म किया और बैठक के लिए चल पड़ा, क्योंकि मैं कुछ भी नहीं कर सकता था।

हमारे नए प्रस्ताव से रक्षा-मंत्री साफ़तौर से ख़ुश हुए, जो एक रात-भर में ही व्यापक नतीजों वाले समग्र कार्यक्रम की कार्य-योजना में तब्दील हो गया था। इसके व्यापक श्रेणी के प्रौद्योगिक सह-परिणाम होने थे और यह ठीक वही बात थी, जो पिछली शाम रक्षा-मंत्री के दिमाग़ में थी। उन्होंने पूरे प्रस्ताव को मंज़ूरी दे दी।

कुछ ही देर बाद यह संकेत देते हुए कि बैठक ख़त्म हुई, रक्षा-मंत्री उठ खड़े हुए। मैं दरवाज़े की ओर मुड़ गया, जब मैंने डॉ. अरुणाचलम को रक्षा-मंत्री से ज़मीला की शादी की बात करते हुए सुना। इसके बाद मंत्री जी ने मुझे मद्रास से मदुरै ले जाने के लिए वायुसेना के हेलीकॉप्टर का इंतज़ाम कर दिया, तो मैं अभिभूत हो उठा। बैठक ख़त्म होने के घंटे-भर बाद मैं इंडियन एयरलाइंस की एक नियमित उड़ान पकड़कर नई दिल्ली से मद्रास के लिए निकल गया। डॉ. अरुणाचलम ने मुझसे कहा, 'यह तुमने पिछले महीने की अपनी कड़ी मेहनत के लिए कमाया है।'

इंडियन एयरलाइंस का हवाई-जहाज़ जिस समय मद्रास में उतरा, तो भारतीय वायुसेना का हेलीकॉप्टर उसके नज़दीक ही था। अगले कुछ मिनटों के भीतर मैं अपनी मदुरै की राह पर था। वहाँ के वायु-सेना आधार शिविर के कमान्डेंट मुझे कृपापूर्वक अपने साथ रेलवे स्टेशन लाए, जहाँ रामेश्वरम् की ट्रेन प्लेटफ़ॉर्म से छूटने ही वाली थी। ज़मीला की शादी के लिए मैं वक़्त रहते ही रामेश्वरम् पहुँच गया था। मैंने अपने भाई की बेटी को पिता का प्यार भरा आशीर्वाद दिया।

18. हमारी अपनी मिसाइलों का निर्माण

रक्षामंत्री ने हमारे प्रस्ताव को कैबिनेट के सामने रखा और उसे मंजूर भी करा लिया। इसके लिए 388 करोड़ रुपए की अभूतपूर्व राशि स्वीकृत हुई। इस तरह भारत के प्रतिष्ठापूर्ण एकीकृत निर्देशित मिसाइल विकास कार्यक्रम (इंटीग्रेटेड गाइडेड मिसाइल डेवलपमेंट प्रोग्राम- आई.जी.एम.डी.पी.) का जन्म हुआ। जब मैंने सरकार के स्वीकृति-पत्र को डी.आर.डी.एल. मिसाइल टेक्नोलॉजी समिति के सामने रखा, तो वे न केवल जोश से, बल्कि ऊर्जा और कर्मठता से भी भर उठे।

प्रस्तावित परियोजनाओं का नामकरण भारत की आत्म-निर्भरता की भावना के अनुरूप ही किया गया। इस लिहाज़ से ज़मीन से ज़मीन पर मार करने वाली युद्धक मिसाइल प्रणाली का नाम 'पृथ्वी' और टेक्नीकल कोर व्हीकल का नाम

भगवान शिव के अस्त्र के नाम पर 'त्रिशूल' रखा गया। ज़मीन से हवा में मार करने वाली क्षेत्र-रक्षा प्रणाली का नाम 'आकाश' तथा टैंक-रोधी मिसाइल परियोजना का नाम 'नाग' हो गया। मैंने अपने लंबे समय से सँजोए स्वप्न रेक्स (रि-एंट्री एक्सपेरिमेंट) का नाम रखा 'अग्नि'।

डॉ. अरुणाचलम डी.आर.डी.एल. आए तथा उन्होंने 27 जुलाई, 1983 को आई.जी.एम.डी.पी. की औपचारिक रूप से शुरुआत की। यह एक बहुत बड़ी घटना थी, जिसमें डी.आर.डी.एल. का एक-एक कर्मचारी शरीक़ हुआ। भारत में अंतरिक्ष से जुड़े हर छोटे-बड़े वैज्ञानिक, अकादमिक संस्थानों के प्रोफ़ेसर, सशस्त्र सेनाओं के प्रतिनिधि तथा उत्पादन केंद्रों के लोग एवं निरीक्षण अधिकारी (जो अब हमारे व्यावसायिक भागीदार बन गए थे), इस अवसर पर उपस्थित थे। एक क्लोज़्ड सर्किट टी.वी. नेटवर्क लगाया गया, ताकि समारोह में आए व्यक्तियों के बीच समुचित संवाद सुनिश्चित हो सके! 18 जुलाई, 1980 के बाद, जब एस.एल.वी.-3 ने 'रोहिणी' को पृथ्वी की कक्षा में प्रक्षेपित किया था, यह मेरे कैरियर का दूसरा सबसे अधिक महत्वपूर्ण दिन था।

आई.जी.एम.डी.पी. की शुरुआत भारत के वैज्ञानिक क्षितिज पर एक उजली चमक जैसी थी। मिसाइल प्रौद्योगिकी संसार में कुछ चुनिंदा राष्ट्रों का एकाधिकार समझी जाती थी। लोग यह देखने को उत्सुक थे कि भारत उन सब उपलब्धियों को कैसे हासिल करता है, जिनका वादा किया गया था। आई.जी.एम.डी.पी. का क्षेत्र और आवश्यक धन-राशि हासिल करना अधिक से अधिक काम के दस प्रतिशत हिस्से के पूरा होने की तरह देखा जा सकता था। इसे गति दे पाना वास्तव में एक पूरी तरह से अलग मामला था।

इस अवधि के दौरान मेरे सामने सबसे ज़्यादा ज़रूरी काम था, अलग-अलग मिसाइल परियोजनाओं के नेतृत्व के लिए परियोजना निदेशकों का चयन करना। डी.आर.डी.एल. में अत्यंत प्रतिभाशाली व्यक्तियों की बड़ी संख्या थी, उनमें से बहुत लोग बदक़िस्मती से अहंकार-ग्रस्त थे। सवाल यह था कि किसे चुना जाए- एक साहसिक कार्यकर्ता, एक योजनाकार, एक स्वतंत्र विचारशील व्यक्ति, एक तानाशाह या एक सबको साथ लेकर चलने वाला व्यक्ति? मुझे एक सही प्रकार का नेता चाहिए था, जो विभिन्न कार्य-केंद्रों पर काम कर रहे टीम सदस्यों की ऊर्जाओं को सही दिशा में लगा सके।

यह एक कठिन खेल था, जिसके कुछ नियम मैंने इसरो की उच्च प्राथमिकता

वाली परियोजना पर दो दशक तक काम करते हुए सीखे थे। एक ग़लत चयन कार्यक्रम के सारे भविष्य को चौपट कर सकता था।

मेरे वरिष्ठ सहकर्मियों में से कइयों ने (जिनका नाम लेना शायद उचित न हो, क्योंकि यह केवल मेरी कल्पना भी हो सकती थी), मुझसे दोस्ती बढ़ाने की कोशिश की। मैं एक अकेले व्यक्ति के प्रति उनकी चिंता का सम्मान करता रहा, लेकिन किसी भी तरह के नज़दीकी संबंधों से बचा रहा। एक दोस्त के प्रति वफ़ादारी का हवाला देकर किसी से भी ऐसा काम कराया जा सकता है, जो संस्था के हित में न हो।

* * *

'पृथ्वी' परियोजना के नेतृत्व के लिए सही व्यक्ति की मेरी तलाश कर्नल वी.जे. सुंदरम पर जाकर ख़त्म हुई, जो भारतीय थल-सेना के इलेक्ट्रो मैकेनिकल इंजीनियरिंग (ई.एम.ई.) शाखा से थे। सामूहिक कार्य में उन्होंने नए प्रयोग किए थे तथा उनमें कार्य संचालन के वैकल्पिक तरीक़ों के मूल्यांकन की अद्‌भुत क्षमता थी। वे नए क्षेत्रों में आगे बढ़ने का सुझाव देते। मुझे पता था कि 'पृथ्वी' का परियोजना निदेशक, उत्पादन एजेंसियों तथा सशस्त्र बलों के साथ निर्णय करने वाला पहला व्यक्ति होगा- और कर्नल सुंदरम यह देखने के लिए कि ठोस फ़ैसले लिए जा रहे हैं या नहीं, आदर्श पसंद रहेंगे।

'त्रिशूल' के लिए मैं किसी ऐसे व्यक्ति की खोज में था, जो न केवल इलेक्ट्रॉनिक्स तथा मिसाइल-युक्त युद्ध के साज़ो-सामान की ठोस जानकारी रखता हो, बल्कि इन जटिल बातों को, आपसी समझ और समर्थन बढ़ाने के लिए टीम को समझा भी सके। भारतीय जल-सेना के कमोडोर एस.आर. मोहन में बारीकियों को समझाने की प्रतिभा तथा काम करवा लेने की तक़रीबन जादुई शक्ति पाई।

'अग्नि' के लिए ,जो कि मेरा सपना थी, मुझे ऐसा व्यक्ति चाहिए था, जो गाहे-बगाहे परियोजना के संचालन में मेरी दख़लंदाज़ी बर्दाश्त कर सके। श्री आर.एन. अग्रवाल में मैंने वह सही व्यक्ति पाया। वे एम.आई.टी. के पूर्व छात्र थे और उनका शैक्षिक रिकॉर्ड उज्ज्वल था। वे डी.आर.डी.एल. में वैमानिकी परीक्षण प्रयोगशालाओं का प्रबंधन सँभाल रहे थे।

तकनीकी जटिलताओं की वजह से 'आकाश' एवं 'नाग' तब भविष्य की मिसाइलें मानी गईं। उनकी गतिविधियों के शिखर पर पहुँचने की अपेक्षा लगभग आधा दशक बाद की थी। इसलिए मैंने अपेक्षाकृत रूप से युवा श्री प्रहलाद तथा श्री एम.आर. अय्यर को चुना।

उन दिनों डी.आर.डी.एल. में सामान्य महत्व के मुद्दों पर खुलकर चर्चा या निर्णयों पर वाद-विवाद नहीं होते थे। इसलिए मैंने विज्ञान परिषद (एक तरह की पंचायत) की रचना की, जहाँ वैज्ञानिक समुदाय बैठ सके और सामान्य निर्णय ले सके। हर तीन महीने सारे वैज्ञानिक- कनिष्ठ-वरिष्ठ, अनुभवी-नए, साथ बैठें और अपने दिलों के ग़ुबार निकाल सकें।

परिषद की पहली ही बैठक घटनापूर्ण थी। आधे-अधूरे मन से ही, चाही गई जानकारियों और संदेहों की अभिव्यक्ति के एक दौर के बाद, एक वरिष्ठ वैज्ञानिक ने एक सीधा सवाल मुझ पर दागा- 'आपने इन पाँच पांडवों (उनका मतलब था, परियोजना निदेशक) को किस आधार पर चुना?'

मैं वास्तव में इसी सवाल की उम्मीद कर रहा था। मैंने उनसे प्रतीक्षा करने और देखने को कहा। मैंने उन लोगों को लंबी अवधि के कार्यक्रमों को सँभालने के लिए चुना था, जहाँ रोज़-रोज़ नए तूफ़ान उठने थे।

सबसे कठिन सवालों में से एक, एक युवा वैज्ञानिक की ओर से आया, 'आप इन परियोजनाओं को 'डेविल' की राह पर जाने से कैसे रोकेंगे?'

मैंने उन्हें जी.एम.डी.पी. के पीछे का दर्शन समझाया- यह डिज़ाइन से शुरू हुआ और तैनाती पर ख़त्म हुआ। उत्पादन-केंद्रों और उपयोगकर्ता एजेंसियों की भागीदारी सुनिश्चित की जा चुकी थी और तब तक वापस क़दम खींचने का कोई प्रश्न ही नहीं था, जब तक कि मिसाइल प्रणालियाँ युद्ध-क्षेत्र में सफलतापूर्वक तैनात नहीं हो जातीं।

* * *

जिस समय टीमों का निर्माण तथा संगठनात्मक कार्य चल रहा था, मैंने पाया कि डी.आर.डी.एल. में उपलब्ध जगह, आई.जी.एम.डी.पी. की नई ज़रूरतों को पूरा करने में बेहद अपर्याप्त थी। सुविधाओं में से कुछ को किसी अन्य जगह ले जाने की ज़रूरत थी।

मैंने निकट ही स्थित इमारत कंचा क्षेत्र का दौरा किया। कई दशक पहले, यह डी.आर.डी.एल. द्वारा विकसित टैंक-रोधी मिसाइलों का परीक्षण-स्थल हुआ करता था। इलाक़ा बंजर था, वहाँ कोई पेड़-पौधा मुश्किल से ही नज़र आता था और जगह ख़ास दक्षिणी पठार जैसी बड़े-बड़े पत्थरों से भरी हुई थी। मुझे लगा कि इन पत्थरों में ज़बर्दस्त ऊर्जा क़ैद है और मैंने मिसाइल परियोजनाओं के लिए आवश्यक संयोजन एवं निकासी-पूर्व जाँच (चेक-आउट) सुविधाएँ यहाँ स्थापित करने का निर्णय कर लिया। किसी भी पैमाने से यह एक बहुत बड़ा काम था। एक बिल्कुल अलग तरह की विशेषज्ञता, जीवटता और प्रतिबद्धता इस परियोजना को साकार करने के लिए ज़रूरी थी। ऐसा कर पाने के लिए कौन-सा व्यक्ति सबसे अधिक उपयुक्त होगा? इस उद्देश्य के लिए लगभग सभी ज़रूरी नेतृत्वकारी विशेषताएँ मुझे एम.वी. सूर्यकांत राव में दिखाई पड़ीं।

स्थापित प्रक्रिया के अनुसार, हमने निर्माण-कार्य के लिए मिलेट्री इंजीनियरिंग सर्विसेस (एम.ई.एस.) से संपर्क किया। उन्होंने कहा कि इस काम को पूरा होने में पाँच साल लगेंगे। रक्षा मंत्रालय के उच्चतम स्तर पर इस विषय के बारे में गहराई से विचार-विमर्श किया गया और वह ज़िम्मेदारी किसी बाहरी निर्माण कंपनी को सौंपने का अभूतपूर्व निर्णय ले लिया गया। भारतीय सर्वेक्षण (सर्वे ऑफ़ इंडिया) तथा राष्ट्रीय दूर-संवेदन एजेंसी (नेशनल रिमोट सेंसिंग एजेंसी), सुविधा-क्षेत्र और पहुँच-मार्ग का ख़ाका तैयार करने के लिए इमारत कंचा में हमारे साथ थीं। केंद्रीय भू-जल बोर्ड (सेंट्रल ग्राउंड वॉटर बोर्ड) ने इन चट्टानों के बीच पानी निकालने के लिए बीस जगहों की पहचान की। 40 मेगा वोल्ट एम्पीयर बिजली और 50 लाख लीटर प्रतिदिन देने के लिए बुनियादी ढाँचा खड़ा करने की योजना बनाई गई।

अब चूँकि हम मिसाइल प्रणालियों के डिज़ाइन पर काम करना शुरू कर चुके थे तथा विकास भी चालू हो गया था, अगला तार्किक क़दम था मिसाइल उड़ान परीक्षणों के लिए उपयुक्त जगह तलाश करना। श्री हरिकोटा अंतरिक्ष केंद्र के भी आंध्रप्रदेश में ही होने के कारण, एक उपयुक्त जगह की तलाश पूर्वी समुद्रतट रेखा की ओर उत्तर-पूर्वी समुद्र के किनारे-किनारे राष्ट्रीय परीक्षण रेंज (नेशनल टेस्ट रेंज) के लिए एक अन्य जगह तय की गई। बालासोर में परियोजना का काम खटाई में पड़ गया, क्योंकि इस क्षेत्र में बसे लोगों से ज़मीन ख़ाली कराने को लेकर सियासी मुद्दे उठाए जा रहे थे। हमने उड़ीसा में ही,

चण्डीपुर में एक अंतरिम बुनियादी ढाँचा तैयार करने का फ़ैसला किया। रेंज के निर्माण के लिए 30 करोड़ रुपए दिए गए, इसे अंतरिम परीक्षण रेंज (इंटेरिम टेस्ट रेंज - आई.टी.आर.) नाम दिया गया। दुःखद यह था कि हमारी योजना से चण्डीपुर में एक ख़ूबसूरत पक्षी अभयारण्य प्रभावित होने जा रहा था।

इमारत कंचा में नए केंद्र का निर्माण शायद मेरे जीवन का सबसे संतोषप्रद अनुभव रहा। मिसाइल टेक्नोलॉजी के इस उत्कृष्टता केंद्र का विकास किसी कुम्हार द्वारा लंबे समय तक बनी रहने वाली सुंदरता वाली कलाकृतियों की रचना करने जैसा काम था। इमारत कंचा स्थित यह केंद्र 'रिसर्च सेंटर इमारत' (आर.सी.आई.) के नाम से जाना जाने वाला था, ताकि इस स्थान की मूल पहचान बनी रहे।

आई.जी.एम.डी.पी. की गतिविधियों का मूल्यांकन करने के लिए रक्षा-मंत्री श्री आर. वेंकटरमन सितम्बर, 1983 में डी.आर.डी.एल. के दौरे पर आए। उन्होंने हमें अपना लक्ष्य हासिल करने के लिए, अपनी सकारात्मक कल्पनाओं और विश्वास के साथ, बग़ैर कोई चीज़ छोड़े, ज़रूरी संसाधनों की सूची तैयार करने की सलाह दी। डॉ. अरुणाचलम और मैं दोनों ही, आई.जी.एम.डी.पी. के समक्ष अंतहीन संभावनाओं को बढ़ता हुआ देखते थे और हमारा उत्साह हर किसी को संक्रमित करने वाला सिद्ध हुआ। हम यह देखकर और भी प्रोत्साहित थे कि देश के बेहतरीन, पेशेवर व्यक्ति आई.जी.एम.डी.पी. की ओर खिंचे चले आ रहे थे। देखते-देखते चारों ओर कहा जाने लगा कि आई.जी.एम.डी.पी. 'विजेता' है।

3 जनवरी, 1984 की शाम हम एक बैठक में अगले वर्ष के लक्ष्य निर्धारित कर रहे थे, जब ख़बर आई कि बंबई में डॉ. ब्रह्म प्रकाश का देहांत हो गया। यह मेरे लिए बहुत बड़ा जज़्बाती नुक़सान था, क्योंकि मैंने अपने जीवन का सबसे चुनौती भरा समय उन्हीं की छत्रछाया में काम करते हुए गुज़ारा था। उनकी संवेदनशीलता और विनम्रता एक मिसाल थी। मुझे एस.एल.वी. की असफल उड़ान के दिन उनका आरोग्यदायी स्पर्श याद आया और मेरा दुःख और भी गहरा गया।

यदि प्रो. साराभाई वी.एस.एस.सी. के रचनाकार थे, तो डॉ. ब्रह्म प्रकाश उनकी रचना को जीवंत बनाने वाले थे। डॉ. ब्रह्म प्रकाश ने ही मेरे नेतृत्व कौशल को आकार दिया था। उनकी विनम्रता ने मुझे शांत स्वभाव बनाया और मेरे

आक्रामक रवैए को नियंत्रित करने में मेरी मदद की।

* * *

पी. बैनर्जी, के.वी. रमणा साई और उनकी टीम द्वारा विकसित एक ऊँचाई नियंत्रण प्रणाली तथा एक ऑन-बोर्ड कम्प्यूटर लगभग तैयार थे। इस प्रयास की सफलता किसी भी स्वदेशी मिसाइल विकास कार्यक्रम के लिए अत्यंत महत्वपूर्ण होती है, लेकिन इसी के साथ, इस महत्वपूर्ण प्रणाली के परीक्षण के लिए हमें मिसाइल तो चाहिए ही थी।

विचार-मंथन के अनेक सत्रों के बाद, हमने इस प्रणाली के बाद के परीक्षण के लिए एक 'डेविल' मिसाइल को परिष्कृत करने का निश्चय किया। एक 'डेविल' मिसाइल को खोलकर उसके हिस्से अलग-अलग किए गए और इस संशोधित तथा विस्तारित पहुँच वाली मिसाइल को एक कामचलाऊ प्रक्षेपक के द्वारा 26 जून, 1984 को छोड़ा गया, ताकि इस निर्देशन प्रणाली का उड़ान परीक्षण हो सके। इस परीक्षण में प्रणाली ने सारी ज़रूरतों को पूरा किया।

भारतीय मिसाइल विकास के इतिहास में यह पहला अति-महत्वपूर्ण क़दम था। अभी तक यह केवल 'रिवर्स इंजीनियरिंग तक ही सीमित था, लेकिन अब हम स्वयं अपनी प्रणालियों को डिज़ाइन करने की ओर आगे बढ़ रहे थे। संदेश ज़ोरदार और स्पष्ट था। हम यह कर सकते हैं!

यह संदेश नई दिल्ली तक पहुँचने में ज़्यादा वक़्त नहीं लगा और प्रधानमंत्री श्रीमती इंदिरा गाँधी ने आई.जी.एम.डी.पी. की प्रगति को स्वयं आकर देखने की इच्छा व्यक्त की। सारा संस्थान जोश से भर गया। 19 जुलाई, 1984 को उन्होंने डी.आर.डी.एल. का दौरा किया। श्रीमती गाँधी इस बात के प्रति बहुत सचेत रहती थीं कि वे 80 करोड़ भारतीयों की नेता हैं। उनके हर क़दम, हर मुद्रा, हाथों की हर गति से यह झलकता था। निर्देशित मिसाइलों के क्षेत्र में हमारे काम को उन्होंने जिस आदर की भावना से देखा, उसने हमारे आत्म-बल को बहुत अधिक बढ़ा दिया।

डी.आर.डी.एल. में बिताए अपने एक घंटे के दौरान उन्होंने आई.जी. एम.डी.पी. के तमाम व्यापक पहलुओं पर बात की- उड़ान-प्रणाली संयंत्रों से लेकर विविध प्रयोगशालाओं तक। अंत में, उन्होंने 2000 सदस्यों वाले

डी.आर.डी.एल. परिवार को संबोधित किया। उन्होंने हमसे उस उड़ान प्रणाली के कार्यक्रम के बारे में पूछा, जिस पर हम काम कर रहे थे और यह भी जानना चाहा कि हम 'पृथ्वी' का उड़ान परीक्षण कब कर रहे हैं?

मैंने जवाब दिया, 'जून, 1987'।

उन्होंने तुरंत पलटकर पूछा, 'मुझे बताइए कि उड़ान कार्यक्रम की गति बढ़ाने के लिए और क्या-क्या ज़रूरतें हैं। काम की तेज़ गति सारे राष्ट्र की उम्मीद है।' उन्होंने मुझसे यह भी कहा कि आई.जी.एम.डी.पी.का ज़ोर केवल कार्यक्रम पर ही नहीं, बल्कि उत्कृष्टता पर भी रहना चाहिए।

काम में हिस्सा बँटा रहे कार्य-केंद्रों से बड़ी संख्या में मौलिक विचार उभरकर आए। यदि आप मुझसे इस सफल कार्यक्रम में एक अकेली महत्वपूर्ण प्रबंधन तरक़ीब के बारे में पूछें, तो मैं तुरंत एवं पेश क़दमी भरी आगे की कार्रवाई की ओर संकेत करूँगा। वास्तव में, निर्देशित मिसाइल कार्यक्रम के कार्यालय में काम का मूलमंत्र था- यदि किसी कार्य-केंद्र को पत्र लिखना ज़रूरी है, तो फ़ैक्स कीजिए, यदि आपको फ़ैक्स या टेलेक्स भेजना ज़रूरी है, तो टेलीफ़ोन कीजिए और यदि टेलीफ़ोन पर चर्चा करना ज़रूरी हो जाए, तो उस जगह व्यक्तिगत रूप से चले जाएँ।

इस तरीक़े की ताक़त उस वक़्त सामने आई, जब डॉ. अरुणाचलम 27 सितम्बर, 1984 को आई.जी.एम.डी.पी. की 'विस्तृत स्थिति समीक्षा' बैठक संचालित कर रहे थे।

समीक्षा बोर्ड में अपने पूर्व परिचित श्री टी.एन. शेषन को पाना सुखद था। एस.एल.वी.-3 और इस समय के दौरान हमारे बीच परस्पर स्नेह संबंध विकसित हो चुके थे। हालाँकि इस बार रक्षा सचिव के रूप में श्री शेषन द्वारा कार्यक्रम एवं प्रस्तुत वित्तीय प्रस्तावों की व्यवहार्यता के संबंध में उठाए गए सवालात बहुत अधिक तीखे थे। मेरी टीम, विशेष रूप से आई.जी.एम.डी.पी. में इस्तेमाल की गई उन्नत टेक्नोलॉजी के संबंध में उनके सवालों के जवाब देकर ख़ुश थी। मुझे हर एक चीज़ को लेकर उनकी अद्‌भुत उत्सुकता अभी तक याद है। मैं आपको एक छोटा-सा रहस्य बताना चाहूँगा, शेषन संभवत: संसार के अकेले शख़्स हैं, जो मुझे मेरे पूरे नाम से पुकारने में मज़ा लेते हैं, जिसमें 21 अक्षर और पाँच शब्द हैं अवुल पकिर जैन-उल-आबदीन अब्दुल कलाम!

19. युवा रक्त का समावेश

मिसाइल कार्यक्रम में डिज़ाइन, विकास और उत्पादन में 12 अकादमिक संस्थानों एवं 30 प्रयोगशालाओं, जैसे डी.आर.डी.ओ., वैज्ञानिक एवं औद्योगिक अनुसंधान परिषद (सी.एस.आई.आर.), इसरो इत्यादि से जुड़े व्यक्ति साझेदार थे। वास्तव में 50 प्राध्यापकों और 100 शोध छात्रों ने अपने-अपने संस्थानों की प्रयोगशालाओं में मिसाइल संबंधी समस्याओं पर काम किया। इस साझेदारी से संपन्न हुए काम की गुणवत्ता ने मुझे ग़ज़ब का आत्म-विश्वास दिया।

अप्रैल से जून, 1984 के बीच मिसाइल कार्यक्रम में लगे हम में से छह लोगों ने विभिन्न शैक्षिक संस्थानों के परिसरों का दौरा किया और संभावनापूर्ण युवा स्नातकों की सूची बनाई। हमने प्रोफ़ेसरों और इच्छुक विद्यार्थियों के सामने मिसाइल कार्यक्रम की रूपरेखा प्रस्तुत की और उनसे कार्यक्रम में शामिल होने का अनुरोध किया। हम तक़रीबन 300 युवा इंजीनियरों के हमारी प्रयोगशालाओं से जुड़ने की उम्मीद कर रहे थे।

जब भारत ने 1974 में अपना पहला नाभिकीय विस्फोट किया, हमने अपने को परमाणु परीक्षण करने वाला संसार का छठा देश घोषित कर दिया। जब हमने एस.एल.वी.-3 का प्रक्षेपण किया, तो हम उपग्रह प्रक्षेपण क्षमता हासिल करने वाला पाँचवाँ देश थे। देखते हैं, हम कोई नई प्रोद्यौगिक उपलब्धि हासिल करने वाला दुनिया का पहला या दूसरा देश कब बनने जा रहे हैं?

जब प्रधानमंत्री श्रीमती इंदिरा गाँधी की हत्या की ख़बर आई, हम एक समीक्षा से निकलकर आई एक कार्ययोजना पर काम कर रहे थे, इस ख़बर के बाद दूर-दूर तक फैली हिंसा और दंगों की ख़बरें आने लगीं। हैदराबाद शहर में क़र्फ़्यू लगा दिया गया था। हमने अपने चार्ट समेटे और सभी कर्मचारियों के लिए परिवहन और सुरक्षित रास्तों के बंदोबस्त के लिए मेज़ पर शहर का नक़्शा फैला लिया। एक घंटे से भी कम समय में प्रयोगशाला सुनसान नज़र आने लगी। मैं अपने कार्यालय में अकेला बैठा बचा रहा।

श्रीमती गाँधी का निधन वैज्ञानिक बिरादरी के लिए बहुत बड़ा नुक़सान था। उन्होंने देश में वैज्ञानिक अनुसंधान को गतिशीलता प्रदान की थी। जब

उनके सुपुत्र श्री राजीव गाँधी ने नए प्रधानमंत्री का पद ग्रहण किया, तो वे भी अपनी माँ की नीतियों को आगे बढ़ाने में जुट गए– एकीकृत निर्देशित मिसाइल विकास कार्यक्रम (आई.जी.एम.डी.पी.) भी उनका एक हिस्सा था।

1985 की गर्मियाँ आते-आते, इमारत कंचा में मिसाइल टेक्नोलॉजी अनुसंधान केंद्र की इमारत बनाने के लिए सारा ज़मीनी काम पूरा हो चुका था। युवा प्रधानमंत्री ने 3 अगस्त, 1985 को रिसर्च सेंटर इमारत (आर.सी.आई.) का शिलान्यास किया। वे काम की प्रगति से काफ़ी ख़ुश नज़र आए। उन्होंने डी.आर.डी.एल. टीम से कहा कि वे भारतीय वैज्ञानिकों के सामने आ रही दिक़्क़तों को समझते हैं। उन्होंने उन वैज्ञानिकों के प्रति आभार व्यक्त किया, जो तमाम तकलीफ़ों, विपरीत परिस्थितियों के बावजूद बाहरी देशों में सुविधाजनक कैरियर बनाने के बजाय, भारत में ही रहना और काम करना पसंद करते हैं।

* * *

जिन युवा इंजीनियरों को हमने भर्ती किया था, उन्होंने डी.आर.डी.एल. की कार्य-पद्धति ही बदल डाली। यह हम सबके लिए एक बेशक़ीमती तजुर्बा था। जब हमने इन युवा वैज्ञानिकों को काम सौंपे, तो वे अपने काम की अहमियत को पूरी तरह से समझ नहीं पाए थे। एक बार जब वे समझ गए, तो उन्होंने अपने ऊपर रखे गए भरोसे के बोझ को महसूस कर लिया।

मुझे एक नौजवान की कही बात याद आती है, 'हमारी टीम में कोई बड़ी हस्ती नहीं है, हम अपना काम कैसे कर पाएँगे?'

मैंने उससे कहा, 'एक बड़ी हस्ती वह छोटी हस्ती है, जो लक्ष्य पर निशाना साधती रहती है, तो कोशिश करते रहो!'

यह देखना अचरज भरा था कि इस युवा वैज्ञानिक माहौल में कैसे नकारात्मक सोच, सकारात्मक सोच में बदल जाती है और पहले जिन चीज़ों को अव्यावहारिक मान लिया गया था, वे होना शुरू हो जाती हैं। अनेक उम्रदराज़ वैज्ञानिक केवल इस युवा टीम का हिस्सा होने-भर से, ख़ुद को फिर युवा महसूस करने लगे थे।

समीक्षा बैठकों में मैं टीम में सबसे कम उम्र वैज्ञानिकों द्वारा अपनी टीम के काम पर प्रस्तुतिकरण देने पर ज़ोर देता था। इससे उन्हें पूरी व्यवस्था का अंदाज़ा लगाने में मदद मिलती। धीरे-धीरे आत्म-विश्वास का माहौल पनपने

लगा। युवा वैज्ञानिक वरिष्ठ वैज्ञानिकों से ठोस तकनीकी मुद्‌दों पर सवाल पूछने लगे। काम का माहौल वरिष्ठ वैज्ञानिकों के तजुर्बे और उनके युवा सहकर्मियों के नए-नए तरीक़ों के अच्छे सम्मिश्रण से जीवंत हो उठा था। युवा-शक्ति और अनुभव की इस सकारात्मक, पारस्परिक निर्भरता ने डी.आर.डी.एल. में एक बेहद उपजाऊ कार्य-संस्कृति को जन्म दिया।

मिसाइल कार्यक्रम का पहला प्रक्षेपण 16 सितम्बर, 1985 को किया गया, जब 'त्रिशूल' को श्री हरिकोटा परीक्षण रेंज से सफलतापूर्वक छोड़ा गया। इसके बाद पायलेट-रहित लक्ष्य विमान (पायलेट लैस टारगेट एयरक्राफ़्ट-पी.टी.ए.) की सफल परीक्षण उड़ान हुई। मिसाइल हार्डवेयर विकास की दिशा में यह एक छोटा, लेकिन उल्लेखनीय क़दम था, जो न केवल कार्य-साधक था, बल्कि उपयोगकर्ता एजेंसियों को भी स्वीकार्य था। हम धीरे-धीरे एकल प्रयोगशाला परियोजनाओं से बहु-प्रयोगशाला कार्यक्रमों और फिर प्रयोगशाला उद्योग अभ्यासों की ओर मुड़ रहे थे, क्योंकि इनका उत्पादन निजी क्षेत्र की एक फ़र्म करने जा रही थी। हम मिसाइल टेक्नोलॉजी में राष्ट्रीय आत्म-निर्भरता के राजमार्ग तक पहुँच चुके थे।

मेरे मन में अकादमिक संस्थानों के लिए हमेशा गहन आदर रहा है। देश के अकादमिक संस्थानों के साथ हमारी भागीदारी एक क़दम और आगे बढ़ी। भारतीय विज्ञान संस्थान (आई.आई.एस.सी.) और जादवपुर विश्वविद्यालय के साथ संयुक्त रूप से प्रोन्नत प्रोद्यौगिकी कार्यक्रम शुरू किए गए।

'पृथ्वी' पर जादवपुर विश्वविद्यालय के युवा स्नातक काम कर रहे थे। भारतीय विज्ञान संस्थान केंद्रों में पोस्ट ग्रेजुएट छात्रों ने प्रो. आई.जी. शर्मा के नेतृत्व में 'आकाश' के लिए बहु लक्ष्य-भेदी वायु-रक्षा सॉफ़्टवेयर विकसित किया। 'अग्नि' के लिए यान पुनः प्रवेश प्रणाली डिज़ाइन क्रिया-पद्धति का विकास आई.आई.टी. मद्रास की युवा टीम ने डी.आर.डी.ओ. के वैज्ञानिकों के साथ मिलकर किया। उस्मानिया विश्वविद्यालय की मार्ग निर्देशात्मक इलेक्ट्रॉनिकी अनुसंधान एवं प्रशिक्षण इकाई ने 'नाग' मिसाइल के लिए अधुनातन संकेत प्रक्रमण कलन विधि (सिग्नल प्रोसेसिंग एल्गॉरिद्‌म्स) विकसित की।

मैंने सहयोगात्मक प्रयास के बहुत थोड़े से उदाहरण ही दिए हैं। वास्तव में इन अकादमिक संस्थानों की सक्रिय भागीदारी के बिना, हमें अपने प्रगत प्रौद्योगिकीय लक्ष्यों को हासिल कर पाना बेहद मुश्किल हो जाता।

'अग्नि' की पे-लोड डिज़ाइन में एक चुनौती थी इसके पृथ्वी के वातावरण में पुनः प्रवेश की अत्यधिक गति (ध्वनि की गति से 12 गुनी अथवा 12 मैक)। हमें कोई अनुभव नहीं था कि इस अत्यधिक गति पर वाहन को कैसे नियंत्रण में रखा जाता है। हम इसका कोई परीक्षण भी नहीं कर सके, क्योंकि हमारे पास इतनी गति उत्पन्न करने के लिए वात नलिका (विंड-टनल) नहीं थी। यदि हम अमेरिकी मदद लेते, तो यह समझा जाता कि हम ऐसा काम करने की कोशिश कर रहे हैं, जिसे वे अपना अनन्य विशेषाधिकार मानते थे। यदि वे सहयोग के लिए हामी भर भी देते, तो वे निश्चय ही अपनी विंड टनल के उपयोग की क़ीमत माँगते, जो कि हमारी पूरी परियोजना की लागत से बहुत-बहुत ज़्यादा होती। सवाल यह था कि इस व्यवस्था को कैसे तोड़ा जाए?

आई.आई.एस.सी. के प्रो. एस.एम. देशपांडे ने तरल गतिकी के क्षेत्र में कार्यरत चार ऐसे होनहार युवा वैज्ञानिकों को ढूँढ़ निकाला, जिन्होंने छह महीने के भीतर ही ज़रूरी सॉफ़्टवेयर विकसित कर लिया।

20. प्रेरणा और बेहतर काम

जैसे-जैसे परियोजना का काम एक छोर से दूसरे छोर तक फैलता गया, लगभग 500 वैज्ञानिकों के काम की समीक्षा करना ज़्यादा से ज़्यादा कठिन होता गया। डी.आर.डी.ओ. की अपनी एक मूल्यांकन आधारित नीति थी और मुझे सालाना गोपनीय रिपोर्ट लिखनी होती थी। इन रिपोर्टों को एक मूल्यांकन बोर्ड (जिसमें बाहरी विशेषज्ञ होते थे) के पास अनुशंसाओं के लिए भेज दिया जाता था। अनेक व्यक्ति मेरे काम के इस हिस्से को कड़ाई की नज़र से देखते थे। किसी की पदोन्नति न हो पाने को बहुत आसानी से मेरी उनके प्रति नापसंदगी मान लिया जाता था। दूसरे सहकर्मियों की पदोन्नति को मेरे द्वारा पक्षपात समझा जाता। कार्य निष्पादन के मूल्यांकन की ज़िम्मेदारी मुझ पर होने के कारण मुझे निष्पक्ष निर्णय करने होते थे।

किसी भी व्यक्ति के लिए ख़ुद अपने ही कार्यों का निष्पक्ष निर्णय करना मुश्किल होता है, जो संभवतः और अक्सर ख़ुद उसके बेहतर इरादों के विपरीत होते हैं। ज़्यादातर लोग काम पर, उसे करने के उद्देश्य से आते हैं। उनमें से कई

अपना काम उस तरह से करते हैं, जिसमें उन्हें सुविधा हो और शाम को संतुष्टि का भाव लेकर घर लौट जाते हैं। वे अपना काम पूरा होने का नहीं, सिर्फ़ अपने उद्देश्यों का मूल्यांकन करते हैं। वे यह भी मान लेते हैं कि उन्होंने तो अपना काम, समय पर पूरा करने के उद्देश्य से ही किया है और यदि उसमें देर हुई, तो ऐसे कारणों से, जो उनके नियंत्रण से बाहर हैं, लेकिन यदि व्यक्ति के कार्य अथवा निष्क्रियता से यह देरी होती है, तो क्या वह सोद्देश्य नहीं थी?

एक युवा वैज्ञानिक के रूप में अपने गुज़रे वक़्त की तरफ़ मुड़कर देखता हूँ, तो पता चलता है कि मैंने अपने भीतर निरंतर, जिन ताक़तवर प्रवृत्तियों को महसूस किया है, उनमें एक मेरी यह इच्छा भी हुआ करती थी कि मैं उस पल जो कुछ भी था, उससे कुछ ज़्यादा बनूँ। मैंने ज़्यादा समझने, ज़्यादा सीखने, ज़्यादा व्यक्त कर पाने की इच्छा की। मैंने परिपक्व, परिष्कृत और विस्तृत होने की इच्छा की। मैंने अपने कैरियर को आगे बढ़ाने में किसी भी व्यक्ति के प्रभाव का इस्तेमाल नहीं किया। जो कुछ भी मुझमें था, वह ख़ुद अपने भीतर से ही और ज़्यादा चाहने की एक आंतरिक प्रेरणा। मेरी प्रेरक शक्ति का रहस्य हमेशा यही बना रहा कि बजाय यह देखने के कि मैं कहाँ तक आ चुका हूँ, मैं यह देखता था कि मुझे अभी और कितनी दूर जाना है?

* * *

मैंने सबसे पहले, सन् 1983 में आई.जी.एम.डी.पी. की शुरुआत के वक़्त, काम का एक अनुकूल माहौल बनाने की कोशिश की थी। उस वक़्त परियोजनाएँ डिज़ाइन के चरण पर थीं। इसका नतीजा काम की रफ़्तार में 40 से 50 प्रतिशत तक बढ़ोतरी के रूप में सामने आया। अब चूँकि अनेक परियोजनाएँ विकास एवं उड़ान परीक्षण के चरण में थीं, तो मुझे लगने लगा कि पुनर्गठन का समय आ गया है।

1983 का टीम-गठन नवीनीकरण के उद्देश्य से किया गया था- यह वाक़ई एक बेहद पेचीदा अभ्यास था, जिसे श्री ए.वी. रंगा राव तथा कर्नल आर. स्वामीनाथन ने बेहद कुशलतापूर्वक सँभाला था। हमने सिर्फ़ एक-एक अनुभवी व्यक्ति लेकर युवा वैज्ञानिकों की टीमें बनाईं और उन्हें अनेक चुनौतीपूर्ण काम दिए। देश में इस तरह के प्रयास पहली बार हो रहे थे और इसमें इस्तेमाल होने वाली टेक्नोलॉजी विश्वस्तरीय प्रणालियों के मुक़ाबले थी। इन युवा टीमों (जिनकी

औसत उम्र 42 वर्ष से घटकर 33 वर्ष हो गई थी) ने देश को संरक्षित प्रौद्योगिकियों के क्षेत्र में आत्म-निर्भर बना दिया। यह 'नवीनीकरण घटक' का एक अच्छा प्रदर्शन था। हमारी बौद्धिक क्षमता उत्साही युवा दिमाग़ों के साथ जुड़कर फिर से नवीन हो गई थी।

अब कार्य-शक्ति के नवीनीकरण के अलावा परियोजना समूहों को मज़बूत बनाने पर भी ज़ोर दिया जाना था।

21. 'पृथ्वी' से 'अग्नि'

जब हम 1988 में प्रवेश कर रहे थे, 'पृथ्वी' का काम अपनी पूर्णता के निकट पहुँच रहा था। इन रॉकेट इंजनों का महत्व केवल 'पृथ्वी' परियोजना तक ही सीमित नहीं था- यह एक राष्ट्रीय उपलब्धि थी।

चूँकि बालासोर में अंतरिम परीक्षण रेंज का काम पूरा होने में अब भी कम से कम एक साल की देर थी, हमने पृथ्वी के प्रक्षेपण के लिए श्री हरिकोटा अंतरिक्ष केंद्र में विशेष सुविधाएँ स्थापित कीं। इनमें से एक लॉन्च-पैड, ब्लॉक-हाउस, नियंत्रण उपकरण तथा चलित दूर-मिति केंद्र शामिल थे। मैं अपने पुराने दोस्त श्री एम.आर. कुरुप से ख़ुशी-ख़ुशी दोबारा मिला, जो अब तक श्री हरिकोटा अंतरिक्ष केंद्र के निदेशक बन चुके थे। 'पृथ्वी' के प्रक्षेपण अभियान में श्री एम.आर. कुरुप के साथ काम करना मेरे लिए बहुत संतोषप्रद रहा। उन्होंने 'पृथ्वी' पर टीम के एक सदस्य के रूप में काम किया- उन सीमा रेखाओं को दरकिनार कर, जो डी.आर.डी.ओ. और इसरो, डी.आर.डी.एल. और एस.एच.ए.आर. 'शार' को विभाजित करती हैं। कुरुप हमारे साथ लॉन्च-पैड पर काफ़ी वक़्त बिताते थे। उन्होंने क्षेत्र-परीक्षण तथा क्षेत्र-सुरक्षा में अपने अनुभव से हमें संपूर्ण किया।

'पृथ्वी' 25 फ़रवरी, 1988 को सुबह 11 बजकर 23 मिनट पर छोड़ी गई। यह देश के रॉकेट-विज्ञान के इतिहास में एक युगांतरकारी घटना थी। किसी मिसाइल की सटीकता उसके 'वृत्तीय त्रुटि संभाव्यता' (सर्क्युलर एरर प्रॉबेबल,

सी.ई.पी.) के आधार पर व्यक्त की जाती है। दूसरे शब्दों में यदि किसी मिसाइल का सी.ई.पी. 1 कि.मी. है (जैसा कि खाड़ी युद्ध में दाग़ी गई ईराकी 'स्कड' मिसाइलें), इसका अर्थ है कि उनमें से आधी का असर अपने लक्ष्य से 1 कि.मी. के दायरे में होना चाहिए। हमने कोर निर्देशन तथा नियंत्रण टेक्नोलॉजी में निर्माण क्षमता पर ज़ोर दिया था, जिससे 50 मी. तक बिल्कुल ठीक सी.ई.पी. हासिल हो सके।

'पृथ्वी' के प्रक्षेपण ने पड़ोसी देशों में सदमे की लहरें फैला दी थीं। पश्चिम की प्रतिक्रिया सदमे और फिर ग़ुस्से की थी। टेक्नोलॉजी संपन्न सात बड़े देशों ने टेक्नोलॉजी पर प्रतिबंध लादकर, भारत के लिए निर्देशित मिसाइलों के विकास से दूर तक कहीं भी जुड़ी कोई भी सामग्री ख़रीदना असंभव बना दिया। भारत के निर्देशित मिसाइलों के क्षेत्र में एक आत्म-निर्भर देश के रूप में उद्भव ने संसार के सभी विकसित देशों को विचलित कर दिया।

रॉकेट में भारतीय कोर क्षमता किसी भी संदेह के परे ठोस रूप से स्थापित हो चुकी थी। मज़बूत नागरिक अंतरिक्ष उद्योग और व्यवहार्य मिसाइल आधारित सुरक्षा प्रणालियों ने भारत को चुनिंदा राष्ट्रों के समूह में पहुँचा दिया था।

लेकिन क्या एक 'पृथ्वी' ही पर्याप्त होगी? क्या चार या पाँच मिसाइल प्रणालियों का स्वदेशी विकास हमें पर्याप्त रूप से ताक़तवर बना पाएगा? मिसाइलें और आणविक हथियार एक वृहत्तर संपूर्ण के मात्र हिस्से भर हैं। जैसा कि मैंने देखा, पृथ्वी के विकास ने हमारे देश की उन्नत टेक्नोलॉजी में आत्म-निर्भरता की अगुवाई की। उच्च टेक्नोलॉजी बड़ी धन-राशि और बहुत बड़े बुनियादी ढाँचे की समानार्थी है। इनमें से एक भी दुर्भाग्य से, पर्याप्त मात्रा में हासिल नहीं था। तब हम क्या कर सकते थे? संभवतः 'अग्नि' एक टेक्नोलॉजी प्रदर्शन परियोजना के रूप में विकसित की जा रही थी, देश के भीतर उपलब्ध समस्त संसाधनों को दाँव पर लगाकर- यही एक उत्तर था।

मैं बेहद सुनिश्चित था, यहाँ तक कि जब हमने लगभग एक दशक पहले इसरो में 'रेक्स' की चर्चा की थी, तब भी- कि भारतीय वैज्ञानिक और प्रौद्योगिकी-विद साथ मिलकर काम करते हुए यह प्रौद्योगिकीय सफलता हासिल करने में सक्षम हैं। भारत अपनी वैज्ञानिक प्रयोगशालाओं तथा अकादमिक संस्थाओं के संयुक्त प्रयास से निश्चित रूप से अधुनातन टेक्नोलॉजी हासिल कर सकता है।

'अग्नि' टीम में 500 से अधिक वैज्ञानिक थे और इन विशाल प्रक्षेपणों में

अनेक संगठनों का नेटवर्क बनाया गया था।

'अग्नि' का प्रक्षेपण 20 अप्रैल, 1989 को निर्धारित किया गया था। यह एक अभूतपूर्व अभ्यास होने जा रहा था। अंतरिक्ष प्रक्षेपण-यान के विपरीत एक मिसाइल प्रक्षेपण में व्यापक स्तर पर सुरक्षा संबंधी ख़तरे शामिल होते हैं। दो राडार, तीन दूर-मापन केंद्र, एक दूर-निर्देश केंद्र और चार इलेक्ट्रो-ऑप्टिकल पथ-निर्देशन उपकरण स्थापित किए गए थे। कार-निकोबार (इस्ट्रैक) और 'शार' के राडारों पर बनाए गए दूर-मापी केंद्र यान के पथ पर नज़र रखने के लिए बनाए गए थे। एक गतिशील निगरानी युक्ति भी काम पर लगाई गई थी।

प्रक्षेपण की पूर्व तैयारी की सारी गतिविधियाँ निर्धारित कार्यक्रम के अनुसार पूरी हो गई थीं। प्रक्षेपण के समय आसपास के गाँवों में बसे लोगों को किसी सुरक्षित स्थान पर पहुँचाने का निर्णय किया था। इस कार्रवाई ने मीडिया का ध्यान खींचा और काफ़ी विवाद पैदा हुआ। 20 अप्रैल, 1989 का दिन आते-आते सारा राष्ट्र हम पर नज़रें गड़ाए बैठा था। उड़ान रोक देने के लिए कूटनीतिक माध्यमों से विदेशी सरकारें दबाव डाल रही थीं, लेकिन केंद्र ने हमारे काम में ख़लल डालने वाले हर प्रयास को दरकिनार कर दिया।

जिस समय हम टी.-14 सेकंड पर थे, कम्प्यूटर ने संकेत दिया कि उपकरणों में से कोई एक ठीक से काम नहीं कर रहा है। इसे तुरंत सुधार लिया गया। इस बीच निचली रेंज केंद्र ने 'होल्ड' के लिए कहा। अगले कुछ सेकंडों में जगह-जगह 'होल्ड' की ज़रूरत पड़ गई। हमें प्रक्षेपण स्थगित करना पड़ा।

मैं अपनी टीम के सदस्यों से मिलने गया, जो सदमे और शोक की हालत में थे। मैंने एस.एल.वी.-3 के अपने अनुभव को उनके साथ बाँटा 'मेरा प्रक्षेपण-यान तो गिरकर समुद्र में खो गया था, लेकिन उसकी वापसी सफलता के साथ हुई। आपकी मिसाइल अभी तक आपके सामने है। वास्तव में आपने कुछ भी ऐसा नहीं खोया है, जिसे एक-दो हफ़्तों के काम से सुधारा न जा सके।' इस विवरण ने उन्हें जड़ता की हालत से झकझोरकर बाहर निकाल लिया और सारी की सारी टीम उप-प्रणालियों की जाँच और उन्हें दुरुस्त करने के काम में फिर से जुट गई।

मीडिया और प्रेस ने अपने हथियार तान दिए और उड़ान रद्द होने की तरह-तरह की व्याख्याएँ उछाल दीं। कार्टूनिस्ट ने एक कार्टून बनाया, जिसमें एक दुकानदार सेल्समैन को यह कहते हुए एक उत्पादन लौटा रहा है कि यह भी 'अग्नि' की तरह उड़ान नहीं भर पाएगा। एक अन्य कार्टूनिस्ट ने 'अग्नि' के

वैज्ञानिक को यह सफ़ाई देते हुए दिखाया कि प्रक्षेपण इसलिए रद्द करना पड़ा कि 'प्रेस' बटन पर संपर्क ही नहीं हुआ। 'हिन्दुस्तान टाइम्स' ने एक नेता को प्रेस रिपोर्टरों को सांत्वना देते हुए दिखाया, 'चिंता की कोई बात नहीं है- यह पूरी तरह से शांतिप्रिय, अहिंसक मिसाइल है।'

अगले दस दिन तक दिन-रात चले विस्तृत विश्लेषण के बाद, हमारे वैज्ञानिकों ने मिसाइल को 1 मई, 1989 को प्रक्षेपण के लिए तैयार कर लिया। लेकिन फिर स्वचालित कम्प्यूटर-जाँच-अवधि के दौरान टी.-10 सेकंड पर एक 'होल्ड' संकेत दिखाई पड़ा। प्रक्षेपण फिर एक बार स्थगित करना पड़ा।

अब, रॉकेट-विज्ञान के क्षेत्र में इस तरह की चीज़ें बहुत आम हैं और अक्सर अन्य देशों में भी होती रहती हैं, लेकिन उम्मीदें लगाए बैठा देश हमारी कठिनाइयों को समझने की मन:स्थिति में नहीं था। 'द हिन्दू' में केशव के बनाए एक कार्टून में एक ग्रामीण को कुछ करेंसी नोट गिनते और दूसरे से यह कहते हुए दिखाया गया, 'हाँ, यह मेरी झोपड़ी को परीक्षण-स्थल से हटाने का मुआवज़ा है... ऐसे दो चार स्थगन और हुए, और मैं अपना ख़ुद का मकान बना डालूँगा...।' एक अन्य कार्टूनिस्ट ने 'अग्नि' को नया नाम दिया, 'आई.डी.बी.एम. - इंटरमिटेंटली डिलेड बैलेस्टिक मिसाइल'। 'अमूल' के कार्टून में सुझाव दिया गया कि 'अग्नि' को करना यह चाहिए कि ईंधन के लिए उनका मक्खन इस्तेमाल करें!

मैंने डी.आर.डी.एल.- आर.सी.आई. परिवार के दो हज़ार से भी अधिक सदस्यों को संबोधित किया। 'बहुत मुश्किल से ही कभी किसी प्रयोगशाला या आर. एंड डी. संस्थान को देश में पहली बार 'अग्नि' जैसी प्रणाली विकसित करने का अवसर मिलता है। यह महान अवसर हमें दिया गया है। स्वाभाविक रूप से बड़े अवसर अपने साथ बराबर की चुनौतियाँ लेकर आते हैं। हमें हिम्मत नहीं हारना चाहिए, हमें समस्याओं को हमें हराने का मौक़ा नहीं देना चाहिए। देश को हमसे सफलता से कम कुछ भी पाने का अधिकार नहीं है। आइए, सफलता को लक्ष्य बनाएँ।' मैं अपना संबोधन लगभग ख़त्म कर चुका था कि मैंने अपने आपको अपने लोगों से कहते हुए पाया, 'मैं आपसे वादा करता हूँ, इस महीने के ख़त्म होने के पहले ही 'अग्नि' का कामयाबी से प्रक्षेपण करने के बाद हम यहाँ वापस मिलेंगे!'

यह किसी आश्चर्य से कम नहीं था कि कैसे सैकड़ों वैज्ञानिकों और अन्य

कर्मचारियों ने लगातर काम करके, प्रणाली की तैयारी का काम स्वीकार्यता परीक्षणों सहित केवल 10 दिन में पूरा कर डाला, लेकिन अब बाधाएँ पैदा करने की बारी विपरीत मौसम की थी। एक चक्रवात का ख़तरा मँडरा रहा था। सभी कार्य-केंद्र उपग्रह-संचार के ज़रिए आपस में जुड़े हुए थे, मौसम संबंधी आँकड़े रुक-रुककर आने लगे और दस मिनट के अंतरालों में उनकी बाढ़-सी आ गई।

अंततः प्रक्षेपण 22 मई, 1989 के रोज़ निर्धारित किया गया। उसके पहले वाली रात, डॉ. अरुणाचलम, जनरल के.एन. सिंह और मैं, रक्षा-मंत्री के.सी. पंत के साथ पैदल-पैदल गए, जो कि लॉन्च के गवाह बनने के लिए आई.टी.आर. आए थे। यह पूर्णिमा की रात थी और ज्वार के कारण लहरें किनारों से टकरा रही थीं और शोर मचा रही थीं। क्या हम कल 'अग्नि' के प्रक्षेपण में सफल होंगे? यह सवाल हमारे दिमाग़ों में सबसे ऊपर था, लेकिन हममें से कोई भी उस सुंदर रात के जादू को तोड़ना नहीं चाहता था।

एक लंबी ख़ामोशी तोड़ते हुए आख़िरकार रक्षा-मंत्री ने मुझसे पूछा, 'कलाम! कल तुम 'अग्नि' की कामयाबी का जश्न मनाने के लिए मुझसे क्या तोहफ़ा चाहोगे?'

यह एक मामूली-सा सवाल था, लेकिन मैं तत्काल इसका कोई भी जबाव नहीं सोच पाया। मैं क्या चाहता था? क्या था, जो मेरे पास नहीं था? कौन-सी चीज़ मुझे और ख़ुशी दे सकती थी? और तब, मुझे जवाब मिल गया। 'हमें आर.सी.आई. में लगाने के लिए एक लाख पौधों की ज़रूरत है' - मैंने कहा।

22. सफलता की अग्नि : पहचान और प्यार

अगले दिन सुबह सात बजकर दस मिनट पर 'अग्नि' प्रज्वलित हो उठी। यह एक परिपूर्ण प्रक्षेपण था। मिसाइल ने पाठ्य-पुस्तकीय पथ का अनुसरण किया। सभी उड़ान-मानक पूरे हुए। यह एक दुःस्वप्न भरी नींद के बाद एक ख़ूबसूरत सुबह में जागने जैसा था। हम अनेक कार्य-केंद्रों पर पाँच साल की कड़ी मेहनत के बाद लॉन्च-पैड पर आए थे। पिछले पाँच हफ़्तों में हम गड़बड़ियों की एक श्रृंखला

की अग्नि-परीक्षा से गुज़रते रहे थे। हम हर तरफ़ से कार्यक्रम को रोकने के लिए पड़ रहे दबावों से बचकर निकल आए थे, लेकिन अंततः हमने यह करके दिखा दिया!

यह मेरे जीवन के महानतम क्षणों में से एक था। सिर्फ़ 600 सेकंड्स की भव्य उड़ान ने हमारी सारी थकान को एक पल में धो डाला। सालों की मेहनत का क्या शानदार नतीजा मिला!

उस रात, मैंने अपनी डायरी में लिखा,

अग्नि को न देखो
आकाश की ओर निर्देशित,
किसी ब्रह्मास्त्र की तरह
अनिष्ट का भयभीत करता
या तुम्हारी शक्ति का उद्घोष करता।
यह है अग्नि
एक भारतवासी के हृदय में।
इसे मिसाइल का रूप भी
मत दो,
क्योंकि यह लिपटी हुई है
इस राष्ट्र के प्रज्वलित अभियान से
और इसलिए
यह है प्रकाशित।

तत्कालीन प्रधानमंत्री स्व. श्री राजीव गाँधी ने अग्नि-प्रक्षेपण के लिए कहा, 'आत्म-निर्भर साधनों द्वारा अपनी स्वतंत्रता की पहरेदारी और सुरक्षा के लिए हमारे निरंतर प्रयासों में एक बहुत बड़ी सफलता।'

तत्कालीन राष्ट्रपति डॉ. आर. वेंकटरमन ने 'अग्नि' की सफलता को स्वयं अपने स्वप्न के पूरा होने के रूप में देखा। उन्होंने शिमला से मुझे तार भेजा, 'यह तुम्हारे समर्पण, कठिन परिश्रम और प्रतिभा के लिए आदरांजलि है।'

* * *

इस अभियान के बारे में कुछ निहित-स्वार्थी व्यक्तियों ने तरह-तरह के भ्रम और अफ़वाहें फैलाई थीं। 'अग्नि' केवल एक नाभिकीय हथियार की तरह कभी भी नहीं मानी गई थी। इसने जो किया, वह यह था कि हमें उच्च-दक्षता और विस्तृत पहुँच वाले ग़ैर-नाभिकीय हथियारों को विकसित करने की योग्यता हासिल करने का विकल्प प्रदान किया। 'अग्नि' के उड़ान परीक्षण पर बहुत अधिक ग़ुस्सा प्रकट किया गया, विशेष रूप से सं.रा. अमेरिका में, जहाँ सांसदों ने सभी मिसाइल संबंधी प्रौद्योगिकी और साथ ही सभी तरह की अंतरराष्ट्रीय सहायता पर रोक लगाने की माँग कर डाली।

गैरी मल्हॉलिन नामक मिसाइल एवं विस्फोटक शीर्ष प्रौद्योगिकी के एक तथा-कथित विशेषज्ञ ने 'वॉल स्ट्रीट जर्नल' में दावा किया कि भारत ने 'अग्नि' का निर्माण पश्चिम जर्मनी (अब जर्मनी) की मदद से किया है! पश्चिमी जर्मनी की ओर से तत्काल खंडन आया, जिन्होंने बदले में तुक्का मारा कि फ़्रांस ने 'अग्नि' के लिए निर्देशन उपकरण प्रदान किए हैं!

अमेरिकी सीनेटर जेफ़ बिंगमैन ने तो यहाँ तक कह डाला कि मैंने 'अग्नि' का सारा ज़रूरी साज़ो-सामान 1962 में अपने चार महीने के वर्जीनिया प्रवास के दौरान जुटाया था। उनका यह तथ्य कि मैं वर्जीनिया में 25 साल पहले था- उस समय तक 'अग्नि' में प्रयुक्त टेक्नोलॉजी अस्तित्व में ही नहीं थी, संयुक्त राज्य अमेरिका तक में उन्होंने उल्लेख करने की ज़रूरत नहीं समझी।

आज की दुनिया में, प्रौद्योगिकी का पिछड़ापन दूसरों के अधीन हो जाने के ख़तरे की ओर ले जाता है। क्या हम इस विषय पर अपनी स्वतंत्रता पर समझौता करने की अनुमति दे सकते हैं? यह हमारा कर्तव्य है कि हम इस ख़तरे के ख़िलाफ़ अपने राष्ट्र की सुरक्षा और अखंडता की गारंटी सुनिश्चित करें।

'अग्नि' आई.जी.एम.डी.पी. के पाँच साल पूरे होने का प्रतीक थी। रणनीतिक मिसाइलों 'पृथ्वी' और 'त्रिशूल' का परीक्षण पहले ही किया जा चुका था, अब 'नाग' और 'आकाश' के आगामी प्रक्षेपण हमें सक्षमता के उस क्षेत्र में ले जाएँगे, जहाँ अंतरराष्ट्रीय प्रतियोगिता नाम-मात्र अथवा बिल्कुल भी नहीं है। हमें अपने प्रयासों को उन पर और गहनता से केंद्रित करने की ज़रूरत थी।

सितम्बर, 1989 में मुझे बंबई की महाराष्ट्र एकेडमी ऑफ़ साइंसेज़ द्वारा पं. जवाहरलाल नेहरू स्मृति व्याख्यानमाला में अपना भाषण देने के लिए

आमंत्रित किया गया। मैंने इस मौक़े का उपयोग क़ाबिल वैज्ञानिकों के साथ अपनी स्वदेशी हवा से हवा में मार करने वाली मिसाइल 'अस्त्र' और उसके बाद भारतीय हल्का युद्धक विमान (लाइट कॉम्बैट एयरक्राफ़्ट- एल.सी.ए.) बनाने की योजना को साझा किया।

1988 सितम्बर के अंतिम दिनों में 'पृथ्वी' की दूसरी उड़ान बेहद सफल रही थी। 'पृथ्वी' आज संसार में सतह से सतह पर मार करने वाली सर्वोत्तम मिसाइल साबित हो चुकी है। यह 1000 कि.ग्रा. वज़न के युद्ध-शीर्ष को 250 किलोमीटर तक और लक्ष्य के मात्र 50 मीटर के दायरे में पहुँचा सकती है। यह हर लिहाज़ से शत-प्रतिशत स्वदेशी है- डिज़ाइन, संचालन और तैनाती तक। यह बड़ी संख्या में पैदा की जा सकती है, क्योंकि बी.डी.एल. में उत्पादन सुविधा केंद्र विकास के चरण के दौरान ही निर्मित कर लिया गया था। भारतीय थल-सेना ने इसकी शक्ति संभावना को शीघ्र ही मान्यता दे दी और 'पृथ्वी' एवं 'त्रिशूल' प्रणालियों के लिए जल्दी ही ऑर्डर भेज दिए, ऐसी चीज़ पहले कभी भी नहीं हुई थी।

1990 में गणतंत्र दिवस पर राष्ट्र ने अपने मिसाइल कार्यक्रम की कामयाबी का जश्न मनाया। मुझे डॉ. अरुणाचलम के साथ पद्‌मविभूषण सम्मान दिया गया। मेरे दो अन्य सहकर्मियों श्री जे.एस. भट्टाचार्य एवं श्री आर.एन. अग्रवाल को भी पद्‌मश्री से नवाज़ा गया। स्वतंत्र भारत के इतिहास में यह पहली मर्तबा हुआ कि एक ही संस्थान से जुड़े इतने वैज्ञानिकों के नाम पद्‌म पुरस्कारों की सूची में शामिल हुए।

मेरे मन में एक दशक पहले पद्‌मभूषण पुरस्कार पाने की स्मृतियाँ जीवंत हो उठीं। मैं अब भी कमोबेश उसी तरह से जीवन बिता रहा था, जैसे उस समय- 10 फ़ुट चौड़े और 12 फ़ुट लंबे एक कमरे में, जो मुख्य रूप से किताबों, अख़बार और थोड़े से किराए के फ़र्नीचर से सजा हुआ था। फ़र्क़ केवल यह था कि तब मेरा कमरा त्रिवेंद्रम में था और अब हैदराबाद में।

मेरे देश ने जो इज़्ज़त मुझे बख़्शी थी, उसने मेरे मन को छू लिया। बड़ी संख्या में वैज्ञानिक और इंजीनियर्स ज़्यादा पैसा कमाने के लिए पहला मौक़ा पाते ही देश छोड़कर विदेश चले जाते हैं। यह तो सच है कि उन्हें निश्चित रूप से ज़्यादा बड़े आर्थिक फ़ायदे मिलते हैं, लेकिन क्या कोई भी चीज़ अपने देशवासियों के इस स्नेह और सम्मान की जगह ले सकती है?

मैं कुछ देर अकेले, मौन सोच-विचार में डूबा बैठा रहा। रामेश्वरम् की बालू, रेत और शंख, रामनाथपुरम् में श्री अय्यादुरै सोलोमन की देखभाल, त्रिची में रेव. फ़ादर सीक्वेरा का मार्गदर्शन, बैंगलोर में डॉ. मेदीरत्ता का उत्साह बढ़ाना, प्रो. मेनन के साथ हॉवरक्राफ़्ट की सवारी, प्रो. साराभाई के साथ ब्रह्म-मुहूर्त में तिलपत रेंज जाना, एस.एल.वी.-3 की नाकामयाबी वाले दिन डॉ. ब्रह्म प्रकाश का दर्द-निवारक स्पर्श, एस.एल.वी.-3 के प्रक्षेपण पर राष्ट्रीय जश्न, श्रीमती इंदिरा गाँधी की प्रशंसात्मक मुस्कान, एस.एल.वी.-3 के बाद वी.एस.एस.सी. में सुलगता ग़ुस्सा, प्रो. रामन्ना की मुझे डी.आर.डी.ओ. बुलाने में आस्था, आई.जी.एम.डी.पी., आर.सी.आई. का सृजन, पृथ्वी, अग्नि... स्मृतियों की बाढ़ मुझे बहा ले गई। मैंने दुआ की कि काश! मैं उन सबसे मिल पाता और अपनी ख़ुशी बाँटता।

* * *

एक पखवाड़े बाद श्री एन.आर. अय्यर और उनकी टीम ने मिसाइल कार्यक्रम को मिले पुरस्कारों का जश्न 'नाग' की सर्वप्रथम उड़ान प्रक्षेपित कर मनाया। यह कारनामा उन्होंने अगले दिन, दोबारा किया।

भारत इस प्रकार तीसरी पीढ़ी की 'फ़ायर करो और भूल जाओ'- क्षमता-युक्त टैंक-रोधी मिसाइल प्रणाली हासिल करने वाला देश बन गया- संसार की किसी भी अधुनातन टेक्नोलॉजी की बराबरी पर स्वदेशी सम्मिश्रण टेक्नोलॉजी ने एक बड़ा पड़ाव पार कर लिया था और साबित कर दिया था कि नए बदलाव को अंतरराष्ट्रीय प्रतिबंधों से दबाया नहीं जा सकता।

* * *

मैं उसी महीने मदुरै कामराज विश्वविद्यालय में उनका दीक्षांत-भाषण देने के लिए गया। जब मैं मदुरै पहुँचा, तो मैंने अपने हाई-स्कूल के शिक्षक श्री अय्यादुरै सोलोमन के बारे में पूछा, जो अब एक रेवरेंड पादरी थे और अस्सी वर्ष के हो चुके थे। मुझे बताया गया कि वे मदुरै के एक उपनगर में रहते हैं। मैंने एक टैक्सी ली और उनका घर ढूँढ़ने निकल पड़ा। रेव. सोलोमन जानते थे कि मुझे उसी दिन दीक्षांत-भाषण देना है, लेकिन उनके पास वहाँ पहुँचने के लिए कोई ज़रिया नहीं था। इस बात ने मुझे और भी ख़ुश कर दिया कि मैं उनसे मिल सका

और उन्हें दीक्षांत समारोह में साथ ला सकता हूँ। तमिलनाडु के तत्कालीन राज्यपाल डॉ. पी.सी. एलेक्ज़ेन्डर, जो उस समारोह की अध्यक्षता कर रहे थे, वयोवृद्ध शिक्षक महोदय को देखकर बहुत द्रवित हो गए और उन्होंने उनसे हमारे साथ ही मंच पर बैठने का अनुरोध किया।

'प्रत्येक विश्वविद्यालय का दीक्षांत दिवस ऊर्जा के बाँध के दरवाज़े खोलने जैसा है- एक ऊर्जा, जो जब किसी संस्थान, संगठन या उद्योग द्वारा पोषित की जाती है, तो राष्ट्र निर्माण में सहायक होती है', मैंने युवा स्नातकों से कहा। मुझे अचानक एहसास हुआ कि मैं रेव. सोलोमन के आधी शताब्दी पहले कहे शब्द दोहरा रहा हूँ! भाषण के बाद, मैंने अपने शिक्षक के आगे झुककर उनका आशीर्वाद लिया।

'तुम सिर्फ़ मेरे लक्ष्यों तक ही नहीं पहुँचे हो कलाम! तुमने उन्हें निस्तेज भी कर दिया!' उन्होंने मुझसे भावुकता में रुंधी आवाज़ में कहा।

अगले महीने मैं त्रिची में था और उस अवसर का उपयोग मैंने सेंट जोसेफ़ कॉलेज जाने में किया। मैंने वहाँ रेव. फ़ादर सीक्वेरा या मेरे अन्य पुराने शिक्षकों में किसी को भी नहीं पाया, लेकिन मुझे लगा कि कॉलेज की इमारत के पत्थर उन महान व्यक्तियों की विद्वत्ता को धारण किए हुए हैं। मैंने युवा विद्यार्थियों के साथ सेंट जोसेफ़ से जुड़ी स्मृतियाँ साझा कीं और उन शिक्षकों के प्रति अपनी आदरांजलि अर्पित की, जिन्होंने मेरे व्यक्तित्व को आकार दिया।

1990 के आख़िर में जादवपुर विश्वविद्यालय ने मुझे एक विशेष दीक्षांत समारोह में 'डॉ. ऑफ़ साइंस' की उपाधि से नवाज़ा। मैं अपना नाम परम विभूति डॉ. नेल्सन मंडेला के नाम के साथ उल्लेख किए जाने को लेकर थोड़ा लज्जित था, जो उसी दीक्षांत समारोह में सम्मानित किए गए। मेरे और डॉ. नेल्सन मंडेला जैसी महान हस्ती के बीच आख़िर क्या समानता हो सकती थी? मुझे जो अकेली समानता लगी वह यह कि हम अपने-अपने मिशन में लगे रहे।

अपने देश में रॉकेट-विज्ञान को आगे बढ़ाने का मेरा मिशन डॉ. मंडेला के उस मिशन की तुलना में शायद कुछ भी नहीं था, जो उनका अश्वेत देशवासियों को गरिमा और समानता का अधिकार दिलाने के लिए था, लेकिन हमारी भावनाओं की तीव्रता में कोई फ़र्क़ नहीं था।

* * *

हमने देश का 44वाँ स्वतंत्रता दिवस 'आकाश' की परीक्षण-उड़ान के साथ मनाया। देश ने भू-आधारित वायु सुरक्षा में एक महत्वपूर्ण क़दम बढ़ाया था। मिसाइल काउंसिल (एम.सी.) ने 1991 को डी.आर.डी.एल. और आर.सी.आई. के लिए 'नई पहल का वर्ष' घोषित किया।

रियर एडमिरल श्री मोहन, जो त्रिशूल के प्रभारी थे सेवा-निवृत्त हो गए। मिसाइल नियंत्रण निर्देशन के क्षेत्र में, मैं श्री मोहन की समझ का हमेशा क़ायल रहा हूँ। यह नाविक-शिक्षक-वैज्ञानिक इस क्षेत्र में देश के किसी भी अन्य विशेषज्ञ को निरुत्तर कर सकता है।

मुझे 'त्रिशूल' की समीक्षा बैठकों के दौरान निर्देशन प्रणालियों के विभिन्न पहलुओं पर उनकी साफ़-साफ़ व्याख्याएँ याद हैं। उन्होंने एक बार आई.जी. एम.डी.पी. के एक परियोजना निदेशक की दिक़्क़तों को लेकर लिखी अपनी कविता मुझे दिखाई। ग़ुबार निकालने का यह एक बेहतर तरीक़ा था-

असंभव समय-बंधन, ठोकर मारते पर्ट-चार्ट्स
मुझे पागल किए दे रहे हैं एक मूर्ख के समान।
एम.सी. में प्रस्तुतियाँ सिर्फ़ बढ़ाती ही हैं
व्यक्ति की परेशानियाँ,
सिर्फ़ ईश्वर ही जानता है कि वे
सुलझा पाएँगे कभी कोई चीज़।
छुट्टियों के दिन बैठकें, कभी-कभी रात-बिरात भी,
परिवार तो भर पाया,
उड़ जाने को पूरी तरह तैयार।
बाल नोचते दर्द करने लगे हैं मेरे हाथ -
लेकिन ओह! मेरे पास नोचने को और बाल नहीं!

मैंने उनसे कहा, 'मैंने अपनी सारी समस्याएँ डी.आर.डी.एल., आर.सी.आई. और दूसरी साझीदार प्रयोगशालाओं में अपनी अव्वल टीमों के हवाले कर दी हैं। और देखो, इसने मुझे बालों से इतना भरा हुआ सिर दे दिया!'

* * *

1991 का साल बेहद अनिष्टकारी संकेतों के साथ शुरू हुआ। ईराक़ और अमेरिका तथा उसके सहयोगी देशों की सेनाओं के बीच 'खाड़ी युद्ध' शुरू हो गया। एक ही झटके में उस समय तक उपग्रह- टेलीविज़न की भारतीय आकाश में घुसपैठ हो जाने के कारण- रॉकेटों और मिसाइलों ने सारे देश का ध्यान अपनी और खींच लिया। लोग कॉफ़ी-हाउसों और चाय की दुकानों में 'स्कड' और 'पैट्रियट' की चर्चाएँ करने लगे। बच्चे मिसाइल के आकार की काग़ज़ की पतंगें उड़ाने लगे और अमेरिकी टेलीविज़न नेटवर्क पर जो दिखाया जा रहा था, उसी की तर्ज़ पर युद्ध के खेल खेलने लगे, लेकिन खाड़ी युद्ध के चलते रहने के दौरान ही 'पृथ्वी' और 'त्रिशूल' के परीक्षण चिंतित राष्ट्र को आश्वस्त करने के लिए काफ़ी थे।

राष्ट्र ने शीघ्र ही खाड़ी में काम में ली जा रही मिसाइलों और हमारे अपने युद्ध-शीर्षों के बीच रेखाएँ खींचना शुरू कर दिया। एक आम सवाल, जिसका सामना मुझे करना पड़ रहा था, वह यह कि क्या 'पृथ्वी' 'स्कड' की तुलना में अधिक श्रेष्ठ है, क्या 'आकाश' 'पैट्रियट' की तरह काम कर सकती है और वग़ैरह-वग़ैरह। मेरे मुँह से 'हाँ' या 'क्यों नहीं' सुनते ही लोगों के चेहरे गर्व और संतोष से चमकने लगते।

अमेरिका की सहयोगी सेनाएँ टेक्नोलॉजी की नज़र से एक साफ़ बढ़त की स्थिति में थीं, क्योंकि वे अस्सी और नब्बे के दशक की टेक्नोलॉजी के उपयोग से निर्मित हथियार प्रणालियों को मैदान में उतार रही थीं। ईराक़ ज़्यादातर साठ और सत्तर के दशक की हथियार-प्रणालियों के सहारे लड़ रहा था।

ठीक यही वह जगह है, जहाँ आधुनिक विश्व-व्यवस्था की कुंजी है टेक्नोलॉजी के ज़रिए श्रेष्ठता। शत्रु को नवीनतम टेक्नोलॉजी से वंचित कर दो और एक ग़ैर-बराबरी के मुक़ाबले में अपनी शर्तें थोपो। चीन के युद्ध-दार्शनिक सुन त्ज़ू ने 2000 साल से भी ज़्यादा पहले कहा था, 'युद्ध में जो चीज़ मायने रखती है, वह शत्रु सेना को शारीरिक रूप से ख़त्म कर देना नहीं, बल्कि शत्रु की इच्छा-शक्ति को तोड़ देना है, ताकि वह मानसिक रूप से हार स्वीकार कर ले।' लगता है, जैसे उन्होंने बीसवीं सदी के युद्ध-रंगमंच पर टेक्नोलॉजी के प्रभुत्व की भविष्यवाणी की थी। इलेक्ट्रॉनिक हथियार न कि गुरिल्ला संघर्ष इक्कीसवीं सदी में युद्ध की सियासत पर प्रभुत्व जमाने के लिए आए हैं, जहाँ मिसाइलें, इलेक्ट्रॉनिक एवं सूचना-हथियार मुख्य भूमिकाएँ निभा रहे हैं।

'टेक्नोलॉजी' शब्द ज़्यादातर लोगों के सामने धुँआ उगलती इस्पात मिलों और धड़धड़ाती मशीनों की छवि उपस्थित कर देता है। यह, 'टेक्नोलॉजी' जिस चीज़ को दर्शाती है, उसकी अपेक्षाकृत अधूरी अवधारणा है। मध्य युग में घोड़े की लगाम का आविष्कार खेती के तरीक़ों में बड़े बदलावों का कारण बना और कुछ सदियों बाद हुए इस्पात भट्टी के आविष्कार की ही तरह एक प्रौद्योगिक प्रगति भी था। टेक्नोलॉजी में तकनीकें तो शामिल होती ही हैं, साथ-साथ वे मशीनें भी, जो इन तकनीकों के इस्तेमाल के लिए ज़रूरी हो सकती हैं। वास्तव में मछली प्रजनन के तरीक़े, खरपतवार ख़त्म करना, रंग-शालाओं को प्रकाशित करना, मरीज़ों का इलाज, युद्धों को लड़ना और उससे भी अधिक महत्वपूर्ण उन्हें रोकना भी शामिल हैं।

आज ज़्यादातर उन्नत प्रौद्योगिकीय प्रक्रियाएँ विशेष रूप से इलेक्ट्रॉनिक्स एवं अंतरिक्ष टेक्नोलॉजी में तुलनात्मक रूप से शांत माहौल में पूरी की जाती हैं। स्वच्छ परिवेश पहचान, बल्कि अनिवार्य भी हैं। पुर्ज़ों को जोड़ने की सुविधा या असेम्बली-लाइन, जहाँ लोगों की लंबी क़तारें, साधारण, नियमित काम पूरे करते हैं- पुराने ज़माने की चीज़ है। टेक्नोलॉजी के हमारे प्रतीक इसलिए बदलने ही चाहिए, इसके पहले कि हमें टेक्नोलॉजी के अपने भीतर हो रहे बदलावों के पीछे दौड़ना पड़े।

हमें कभी भी यह नहीं भूलना चाहिए कि टेक्नोलॉजी स्वयं अपने द्वारा पोषित होती है। सहायक टेक्नोलॉजी और अधिक टेक्नोलॉजी को संभव बनाती है। वास्तव में टेक्नोलॉजी के नए बदलाव में तीन चरण एक-दूसरे को स्वयं मज़बूत करने वाले चक्र से आपस में जुड़े हुए होते हैं। पहला, रचनात्मक चरण है एक संभव विचार की कार्य-योजना। यह अपने व्यावहारिक प्रयोग से वास्तविक बनता है, जो कि दूसरा चरण है। तीसरा और अंतिम चरण है समाज के द्वारा इसका प्रचलन, जहाँ इसका मूल्य आँका जाता है। प्रक्रिया तब पूर्ण हो जाती है, चक्र बंद हो जाता है।

टेक्नोलॉजी में श्रेष्ठतर संयुक्त सेनाओं की विजय के साथ खाड़ी-युद्ध ख़त्म होने के बाद उभरकर आए मुद्दों पर चर्चा करने के लिए, डी.आर.डी.एल. एवं आर.सी.आई. के 500 से अधिक वैज्ञानिक इकट्ठे हुए। चर्चा अनेकानेक अधिक गंभीर प्रश्नों की ओर ले गई, जैसे कि प्रभावी इलेक्ट्रॉनिक हथियार समर्थन कैसे खड़ा किया जाए? मिसाइल विकास को समान रूप से ज़रूरी

प्रणालियों, जैसे एल.सी.ए. के विकास के साथ-साथ आगे बढ़ाया जाए? कौन से ऐसे प्रमुख क्षेत्र हैं, जहाँ ज़ोर दिए जाने से प्रगति आएगी?

तीन घंटे से भी अधिक चली चर्चा के अंत में, सामान्य नतीजा था कि ख़ास क्षेत्रों में अपने संभावित शत्रु के समान क्षमता होनी ज़रूरी है। वैज्ञानिकों ने 'पृथ्वी', 'त्रिशूल' और 'अग्नि' के लिए यह लक्ष्य साल के अंत तक हासिल करने का संकल्प लिया। यह संकल्प बाद में पूरा हो गया। इस साल ने नलिका-प्रक्षेपित 'नाग' उड़ानें भी देखीं और 'त्रिशूल' को समुद्र की सतह से सात मीटर ऊपर ध्वनि की गति से तीन गुना से भी अधिक गति से संचालित करने का कारनामा भी देखा।

इसी साल मैंने आई.आई.टी. बंबई से 'डॉक्टर ऑफ़ साइंस' की उपाधि हासिल की। प्रो. बी. नाग द्वारा पढ़े गए प्रशस्ति-पत्र में मेरा विवरण दिया- '...एक मज़बूत प्रौद्योगिक आधार के सृजन के पीछे एक ऐसी प्रेरणा, जहाँ से भारत के भविष्य के अंतरिक्ष कार्यक्रम इक्कीसवीं सदी की चुनौतियों को पूरा करने के लिए शुरू किए जा सकें।'

मुझे विश्वास है कि भारत अगली शताब्दी में अंतरिक्ष में 36 हज़ार किलोमीटर दूर भू-निरपेक्ष कक्षा में, अपना ख़ुद का उपग्रह अपने ही प्रक्षेपण-यान द्वारा स्थापित कर प्रवेश करेगा। हमारा देश ग़ज़ब की जीवन-शक्ति वाला देश है। भले ही संसार इसकी पूरी सामर्थ्य को न देख सके या इसकी पूरी शक्ति को महसूस न कर सके, मगर कोई भी इसकी अब और उपेक्षा करने का साहस नहीं करेगा।

* * *

15 अक्टूबर, 1991 को मैं साठ बरस का हो गया। मैं सेवा-निवृत्ति का रास्ता देख रहा था और मैंने ग़रीब बच्चों के लिए एक स्कूल खोलने की योजना बनाई थी। मेरे मित्र प्रो. बी. रामाराव, जो उस समय भारत सरकार में विज्ञान एवं प्रौद्योगिकी विभाग (डिपार्टमेंट ऑफ़ साइंस एंड टेक्नोलॉजी - डी.एस.टी.) के प्रमुख थे, उस स्कूल की स्थापना के लिए, जिसे वे राव-कलाम स्कूल कहते थे, मेरे साथ औपचारिक भागीदारी भी कर चुके थे। हम दोनों ही विश्वास करते थे कि हमारी उपलब्धियाँ, वे चाहे जितनी भी प्रभावशाली क्यों न लगें, जीवन में सब कुछ नहीं हैं, लेकिन हमें अपनी योजना स्थगित करनी पड़ी, क्योंकि सरकार

ने हम दोनों में से किसी को भी हमारे पदों से निवृत्त नहीं किया।

23. अंतर्दृष्टियों की साझेदारी

यही वह समय था, जब मैंने अपने संस्मरण और ख़ास मुद्दों पर अपनी टिप्पणियाँ तथा राय लिखने का निर्णय किया।

व्यक्ति को युवावस्था में जिस सबसे बड़ी समस्या का सामना करना पड़ता है, वह है दृष्टि की स्पष्टता का अभाव, एक दिशा का अभाव। यह बात तब सामने आई, जब मैंने उन परिस्थितियों और व्यक्तियों के बारे में लिखने का निर्णय किया, जिन्होंने मुझे आज जो कुछ भी मैं हूँ, वह बनाया। विचार सिर्फ़ कुछ व्यक्तियों को आदरांजलि देने भर का या अपने जीवन के कुछ पहलुओं को रेखांकित करने का नहीं था। जो मैं कहना चाहता था, वह यह कि कोई भी चाहे कितना भी ग़रीब या अभाव-ग्रस्त क्यों न हो, उसे निराश होने की ज़रूरत नहीं है। समस्याएँ जीवन का एक हिस्सा हैं। पीड़ा सफलता का सार है। जैसा कि किसी ने कहा है–

ईश्वर ने वादा नहीं किया
कि नीला ही हो आकाश,
फूलों-भरी पगडंडियाँ
रहें जीवन भर साथ।

ईश्वर ने वादा नहीं किया
बिन बारिश के धूप,
बिना दुःख के आनंद
बिना पीड़ा के शांति।

लेकिन यह वादा किया है ईश्वर ने
दिन के लिए ताक़त,
श्रम के लिए विश्राम
पथ के लिए प्रकाश।

मैं यह कहने की गुस्ताख़ी नहीं करूँगा कि मेरा जीवन किसी भी व्यक्ति के लिए अनुकरणीय हो सकता है, एक गुमनाम-सी जगह में एक अभावों से परिपूर्ण सामाजिक परिवेश में रहने वाला कोई बच्चा, इस बात से थोड़ी-बहुत सांत्वना ज़रूर पा सकता है कि मेरी नियति ने किस प्रकार आकार लिया। यह शायद उन बच्चों की, स्वयं उनके काल्पनिक पिछड़ेपन और नैराश्य के बंधनों से उन्हें मुक्त कराने में कुछ मदद कर सके। वे चाहे कहीं भी क्यों न हों, उन्हें यह जानना चाहिए कि ईश्वर उनके साथ है और उस स्थिति में, कौन उनके ख़िलाफ़ हो सकता है?

मैंने अनेक व्यक्तियों और संगठनों के साथ काम किया है- ऐसे व्यक्तियों के साथ भी निभाना पड़ा है, जो अपनी कमियों से इतने अधिक भरे हुए थे कि उनके पास आत्म-मूल्य सिद्ध करने का, मुझ पर रोब गाँठने के अतिरिक्त और कोई तरीक़ा नहीं था।

टेक्नोलॉजी विज्ञान के विपरीत एक सामूहिक गतिविधि है। यह व्यक्तिगत बुद्धिमानी पर नहीं, बल्कि कई व्यक्तियों की पारस्परिक बुद्धिमत्ता पर निर्भर करती है। मैं सोचता हूँ कि आई.जी.एम.डी.पी. की सफलता यह तथ्य नहीं है कि देश ने पाँच अधुनातन मिसाइल प्रणालियाँ बनाने की क्षमता रिकॉर्ड समय में हासिल कर ली, बल्कि यह कि इसके ज़रिए वैज्ञानिकों और इंजीनियरों की कुछ बेहतरीन टीमें निर्मित की गईं। यदि मुझसे कोई भारतीय रॉकेट-विज्ञान में मेरी निजी उपलब्धियों के बारे में पूछे, तो मैं यही बताऊँगा कि मैंने एक ऐसे वातावरण का निर्माण किया, जहाँ युवा व्यक्तियों की टीमें अपने मिशन में दिल और दिमाग़ लगा सकें।

जब हमने एस.एल.वी.-3 के दौरान पहली बार परियोजना टीमों के गठन का काम शुरू किया और बाद में आई.जी.एम.डी.पी. में भी, इन टीमों में कार्यरत लोगों ने ख़ुद को अपने संस्थानों की महत्वाकांक्षाओं की अग्रिम पंक्ति में पाया। इस प्रकार सदस्य बहुत अधिक प्राकट्य और संवेदनशील, दोनों ही बन गए। उनसे व्यक्तिगत रूप से दूसरों से ज़्यादा योगदान की उम्मीद की जाने लगी, ताकि सामूहिक प्रतिष्ठा अर्जित की जा सके।

एस.एल.वी.-3 परियोजना के शुरुआती सालों में मुझे शीर्ष-स्तर पर अक्सर अधीरता से निबटना पड़ता था, क्योंकि प्रगति तत्काल नज़र नहीं आती थी। कई लोग सोचते थे कि संस्थान एस.एल.वी.-3 पर नियंत्रण खो चुका है, टीम

उच्छृंखल हो जाएगी, जिससे अव्यवस्था और भ्रम पैदा होंगे, लेकिन तमाम मौक़ों पर ये भय काल्पनिक सिद्ध हुए।

एस.एल.वी.-3 टीम ने स्वयं अपनी आंतरिक सफलता की कसौटी विकसित की थी। हमने स्वयं अपनी मानक अपेक्षाएँ और उद्देश्य तय किए। सफल होने के लिए क्या और होना चाहिए और हम सफलता को मापेंगे कैसे, यह सुनिश्चित करने का भी हमारा अपना तरीक़ा था। इनमें से कुछ कसौटियाँ थीं, हम अपना काम किस तरह से पूरा करने जा रहे हैं, कौन क्या और किस मानक के अनुसार करेगा, समय सीमाएँ क्या हैं और टीम संगठन में अन्यों के संदर्भ में अपने को कैसे चलाना चाहेगी!

किसी टीम के भीतर सफलता की कसौटी तय करने की प्रक्रिया एक पेचीदा और हुनरमंदी का काम है, क्योंकि सतह के नीचे बहुत कुछ होता रहता है। सतह के ऊपर टीम साधारण तथा परियोजना के लक्ष्यों को प्राप्त करने से जुड़ी गतिविधियाँ करती दिखाई देती है, लेकिन मैंने बार-बार देखा है कि लोग किस तरह यह बताने में बहुत अच्छे नहीं होते कि वे क्या चाहते हैं, जब तक कि वे किसी कार्य-केंद्र को कुछ ऐसा करते नहीं देखते, जिसे वे ख़ुद करना नहीं चाहते। एक टीम सदस्य को वास्तव में एक जासूस की तरह व्यवहार करना चाहिए। उन्हें वे सुराग़ ढूँढ़ने चाहिए, जिनसे यह मालूम हो कि परियोजना कैसे आगे बढ़ रही है और तब साक्ष्यों को एक साथ रखकर परियोजना की अपेक्षाओं एवं आवश्यकताओं के बारे में एक स्पष्ट और गहरी समझ बनाना चाहिए।

२५. आगे की ओर

महात्मा गाँधी ने तृणमूल अथवा स्थानीय ग्रामीण टेक्नोलॉजी पर ज़ोर दिया और सारी व्यापारिक गतिविधि के केंद्र में ग्राहक को रखा। जी.आर.डी. टाटा, प्रगति-प्रेरित बुनियादी ढाँचा लेकर आए। डॉ. होमी जहाँगीर भाभा और विक्रम साराभाई ने उच्च टेक्नोलॉजी आधारित अणु ऊर्जा एवं अंतरिक्ष कार्यक्रमों की शुरुआत की।

डॉ. भाभा और डॉ. साराभाई के विकास-परक दर्शन को आगे बढ़ाने के लिए डॉ. एम.एस. स्वामीनाथन भारत में हरित क्रांति लेकर आए। डॉ. वर्गीज़ कुरियन डेरी उद्योग में 'श्वेत-क्रांति' के ज़रिए एक शक्तिशाली सहकारिता आंदोलन लेकर आए। प्रो. सतीश धवन ने अंतरिक्ष अनुसंधान में मिशन-प्रबंधन अवधारणाएँ विकसित कीं।

आई.जी.एम.डी.पी. के साथ मैंने प्रो. साराभाई की नज़र और प्रो. धवन के मिशन को डॉ. ब्रह्म प्रकाश के अंतरिक्ष अनुसंधान के उच्च टेक्नोलॉजी प्रेरित माहौल को अपनाकर एकीकृत करने का प्रयास किया। मैंने एक पूर्ण स्वदेशी प्रकार का टेक्नोलॉजी-प्रबंधन तैयार करने की कोशिश की।

1983 में हमारे पास एक पर्याप्त टेक्नोलॉजी आधार नहीं था। विशेषज्ञता के छोटे-छोटे केंद्र उपलब्ध थे, किंतु हमारे पास उनकी विशिष्ट टेक्नोलॉजी का उपयोग कर पाने के लिए शक्ति का अभाव था। हमने एक ऐसा मॉडल विकसित करने का प्रयास किया, जो हमारी अति-विशिष्ट अपेक्षाओं और क्षमताओं के लिए पूर्णतः समुचित और पहले से तैयार भी हो। हमने वे विचार भी उधार लिए जो कहीं और विकसित हुए थे, लेकिन उन्हें उन तथ्यों के प्रकाश में अपनाया, जो हम जानते थे कि वे हमारी ताक़तें हैं, साथ ही साथ उन दबावों की पहचान भी की, जिनके भीतर काम करने को हम मजबूर होंगे। कुल मिलाकर, समुचित प्रबंधन ने यह साबित करने में मदद की कि हमारी अनुसंधान प्रयोगशालाओं, सरकारी संस्थानों एवं निजी उद्योगों में किस प्रकार की प्रतिभा और संभाव्यता भरी पड़ी है।

मिसाइल विकास कार्यक्रम का टेक्नोलॉजी प्रबंधन दर्शन ख़ासतौर पर मिसाइल टेक्नोलॉजी के लिए ही नहीं है, यह सफल होने की अभिलाषा और इस बोध का प्रतिनिधित्व करता है कि संसार अब कभी भी बाहु-बल या धन-बल के द्वारा निर्देशित नहीं होना चाहिए। सिर्फ़ प्रौद्योगिक श्रेष्ठता प्राप्त राष्ट्र ही अपनी स्वतंत्रता और संप्रभुता का आनंद ले सकेंगे।

और, जैसा कि मैंने शुरुआत में कहा, टेक्नोलॉजी विज्ञान के विपरीत एक सामूहिक गतिविधि है। यह व्यक्तिगत बुद्धिमत्ता के सहारे नहीं, बल्कि विभिन्न व्यक्तियों की बुद्धिमत्ता की अंतःक्रिया और एक-दूसरे को अनवरत प्रभावित करते रहने के द्वारा पनपती है। और यह वही है, जो मैंने आई.जी.एम.पी.डी. को बनाने का प्रयास किया- एक विशाल, शक्तिशाली भारतीय परिवार, जो मिसाइल-

प्रणालियाँ भी बनाता है।

हमारे वैज्ञानिकों के जीवन और समय के बारे में काफ़ी अटकलें लगाने और दार्शनिक पुट देने की कोशिशें होती रहती हैं, लेकिन यह सुनिश्चित करने में पर्याप्त खोजबीन नहीं की गई कि वे कहाँ जाना चाहते थे और वे वहाँ तक कैसे पहुँच पाए। एक 'व्यक्ति' बनने के मेरे संघर्ष की कहानी सुनाने में मैंने शायद आपको कुछ अंतर्दृष्टि देने की कोशिश की है। मुझे उम्मीद है कि यह कम-से-कम कुछ युवाओं को अपने समाज में खड़े होने में सहारा देगी। लोगों को बाह्य पुरस्कारों की अंतहीन खोज की जैसे आदत-सी पड़ जाती है- धन-संपत्ति, प्रतिष्ठा, पद, पदोन्नति, अपनी जीवन-शैली का दूसरों द्वारा स्वीकार, औपचारिक सम्मान और तमाम तरह के हैसियत के प्रतीकों की।

आज के युवाओं को इस आत्म-पराजयकारी जीवन-शैली की शिक्षा को उतार फेंकना चाहिए। भौतिक धन-संपत्ति और पुरस्कारों के लिए काम करने की संस्कृति को अवश्य ही त्यागना चाहिए।

जब मैं धनी, शक्तिशाली, विद्वान लोगों को आत्म-शांति के लिए संघर्ष करते देखता हूँ, तो मुझे अहमद जलालुद्दीन और अय्यादुरै सोलोमन जैसे लोग याद आते हैं। पास में कुछ भी न होते हुए भी वे कितने सुखी थे।

ज़रूरत के समय किसी भी चीज़ का सहारा न होते हुए भी, वे इतना अधिक सुरक्षित कैसे महसूस कर पाते थे? मेरा मानना है कि वे अपना पोषण अपने भीतर से ही प्राप्त करते रहे होंगे। वे अपने आंतरिक संकेतों पर अधिक और उन बाहरी संकेतकों पर कम निर्भर थे, जिनका मैंने ऊपर उल्लेख किया।

मेरी यह बात गाँठ में बाँधिए, बाहरी दबावों, जो आपको लगातार फुसलाने की कोशिश करेंगे और आपको जड़ बना देंगे, के प्रतिकार के लिए आप जितने अधिक निर्णय लेंगे, आपका जीवन उतना ही बेहतर होगा। सारा राष्ट्र शक्तिमान, अंत:प्रेरित व्यक्तियों को अपने नागरिकों के रूप में पाकर लाभ उठाएगा।

अपने आंतरिक संसाधनों, विशेषत: आपकी कल्पना-शक्ति के उपयोग की आपकी इच्छा ही आपको सफलता दिलाएगी। जब आप किसी काम को ख़ुद अपने अलहदा, व्यक्तिगत नज़रिए से हाथ में लेते हैं, तो आप एक 'व्यक्ति' बन जाएँगे।

आप, मैं और हर व्यक्ति को इस ग्रह पर ईश्वर ने अपने भीतर निहित

सृजनात्मक संभावना का दोहन करने की आज़ादी के साथ भेजा है। हम अपने चुनावों में फ़र्क़ करते हैं और अपनी नियति को जन्म देते हैं। जीवन एक कठिन खेल है। आपको उन दबावों को नज़रअंदाज़ करना होगा, जो काम को उस तरह, जैसा कि दूसरे लोग कहते हैं कि ऐसे होना चाहिए, करने पर मजबूर करते हैं।

आप श्री शिवसुब्रह्मण्य अय्यर द्वारा मुझे अपनी रसोई में खाने पर बुलाने को क्या कहेंगे? मुझे इंजीनियरिंग कॉलेज में प्रवेश दिलाने के लिए ज़ोहरा द्वारा अपनी सोने की चूड़ियाँ और ज़ंजीर गिरवी रखने को? प्रो. स्पोन्डर के इस बात पर ज़ोर देने को कि मैं ग्रुप-फ़ोटो के लिए उनके सामने की क़तार में बैठूँ? एक मोटर-गैरेज जैसी व्यवस्था में हॉवरक्राफ़्ट बनाने को? डॉ. ब्रह्म प्रकाश का समर्थन, कैप्टन नारायणन का प्रबंधन? डॉ. आर. वेंकटरमन का स्वप्न? डॉ. अरुणाचलम की गतिशीलता? हर एक चीज़ एक मज़बूत आंतरिक शक्ति और पहल का उदाहरण है।

मैं दार्शनिक नहीं हूँ। मैं केवल टेक्नोलॉजी का एक व्यक्ति हूँ। मैंने अपना सारा जीवन रॉकेट-विज्ञान सीखने में बिताया है, लेकिन बेहद अलग-अलग क़िस्म के लोगों के साथ विभिन्न संस्थानों में काम करते हुए मुझे व्यावसायिक जीवन के नज़ारे को, इसकी हैरान कर देने वाली जटिलताओं में समझने का अवसर मिला है।

जब आप किसी हवाई जहाज़ में बैठकर नीचे की ओर देखते हैं, तो लोग, मकान, चट्टानें, खेत, पेड़ सब एक-रूप प्रकृति चित्र में समाहित नज़र आते हैं। एक को दूसरे से अलग कर पाना बेहद मुश्किल होता है। आपने जो कुछ ठीक अभी पढ़ा है, वह मेरे जीवन का एक विहंगम दृश्य है, जैसा था, वैसा ही, काफ़ी दूर से देखा हुआ। मेरे सहकर्मी, सहायक, नायक उस नाटक के वास्तविक नायक हैं, जो मैंने जिया। रॉकेट निर्माण का जटिल विज्ञान, टेक्नोलॉजी प्रबंधन के महत्वपूर्ण मुद्दे, सभी एक रेखाचित्र के अंदाज़ में निरूपित नज़र आते हैं। पीड़ा और उल्लास, उपलब्धियाँ और नाकामियाँ सब एक ही समूह में साथ-साथ प्रकट होते हैं।

यह कहानी इस उम्र तक की है, जो 'अग्नि' के पहले प्रक्षेपण के साथ ख़त्म होती है। यह कहानी है जैनुलआबदीन के बेटे की, जो रामेश्वरम् में सौ साल से भी ज़्यादा अरसे तक जिए और वहीं मरे, उस इंसान की कहानी, जिसने

अपने भाई की मदद करने के लिए अख़बार बेचे, उस शिष्य की कहानी, जिसका पालन एस. सुब्रह्मण्य अय्यर और अय्यादुरै सोलोमन ने किया, प्रेरित शिक्षकों द्वारा पढ़ाए गए एक छात्र की कहानी, एक इंजीनियर की कहानी, जिसे एम.जी.के. मेनन ने ढूँढ़ निकाला और प्रख्यात प्रो. साराभाई ने सँवारा, एक वैज्ञानिक की कहानी, जिसकी परीक्षा असफलताओं और आघातों ने ली, एक नायक की कहानी, जिसे होनहार और समर्पित पेशेवरों की एक विशाल टीम ने समर्थन दिया।

यह कहानी मेरे साथ ही ख़त्म हो जाएगी, क्योंकि सांसारिक अर्थ में मेरी कोई विरासत नहीं है। मैंने कुछ भी नहीं जोड़ा, कुछ भी नहीं बनाया, कोई मिल्कियत नहीं– न परिवार, न बेटे और न ही बेटियाँ।

उपसंहार

एकीकृत निर्देशित मिसाइल विकास कार्यक्रम की सफलता के बाद डॉ. ए.पी.जे. अब्दुल कलाम ने रक्षा-मंत्री के सलाहकार के रूप में और रक्षा अनुसंधान एवं विकास संगठन के प्रमुख के रूप में अपनी सेवाएँ दीं। इस वक़्त के दौरान वे परमाणु ऊर्जा विभाग की सहभागिता में 'ऑपरेशन शक्ति' पोखरण-II नाभिकीय परीक्षणों में, जो मई, 1998 में किए गए, क़रीब से शामिल रहे, लेकिन पोखरण-II का रास्ता बहुत सरल नहीं रहा।

परमाणु अप्रसार संधि (एन.पी.टी.) पहली बार 1968 में अस्तित्व में आई। मई, 1974 में भारत ने पोखरण में अपने नाभिकीय विस्फोटकों का पहली बार परीक्षण किया। परीक्षणों के बाद उसे कड़ी अंतरराष्ट्रीय आलोचना का सामना करना पड़ा। एन.पी.टी. को अगले सालों में समर्थक मिलते गए और 90 के दशक के बीच तक आते-आते दुनिया के बहुसंख्य राष्ट्रों ने इस पर दस्तख़त कर दिए (वर्ष 2000 तक संयुक्त राष्ट्र संघ के 191 सदस्य राष्ट्रों में से केवल चार देशों ने ही संधि पर दस्तख़त नहीं किए भारत उन चार देशों में से एक है।) भारत ने सैद्धांतिक रूप से एन.पी.टी. का समर्थन किया था, लेकिन उस पर दस्तख़त करने को तैयार नहीं हुआ, क्योंकि उसे केवल पाँच राष्ट्रों को विधि-सम्मत 'परमाणु-शक्ति' की हैसियत दिए जाने पर ऐतराज़ था। वे पाँच राष्ट्र हैं- सं.रा. अमेरिका, ब्रिटेन, रूस (उस समय सोवियत संघ), फ़्रांस और चीन। भारत एन.पी.टी. पर दस्तख़त करने को तैयार था, यदि ये राष्ट्र एक सुनिश्चित, निर्धारित समय-सीमा के भीतर नाभिकीय निरस्त्रीकरण के लिए तैयार हो जाते- एक ऐसा प्रस्ताव, जिस पर विचार करना इन पाँच राष्ट्रों ने नामंजूर कर दिया।

इसके बजाय परमाणु शक्तियों ने दो अन्य संधियों का ख़ाका तैयार किया, जो परमाणु परीक्षणों पर प्रतिबंध लगाती हैं- सर्व-समावेशी परीक्षण प्रतिबंध संधि (सी.टी.बी.टी.), जो सभी परमाणु परीक्षणों पर रोक लगाती है और परमाणु विखंडनीय सामग्री छँटाई संधि ('फ़िसाइल मटेरियल' कट ऑफ़ ट्रीटी

या एफ़.एम.सी.टी.), जो हथियारों के लिए विखंडनीय सामग्री के उत्पादन पर क्रमशः रोक लगाती है। इन दोनों में से कोई भी संधि उन पाँचों राष्ट्रों को-जिनके पास परीक्षित हथियारों के बड़े-बड़े भंडार हैं, किसी गंभीर असुविधा में नहीं डालती।

भारत को इन दो संधियों पर हस्ताक्षर करने के लिए दबावों का, विशेष रूप से सं.रा. अमेरिका की ओर से, सामना करना पड़ा। नई अंतरराष्ट्रीय माँग परमाणु हथियारों के प्रसार को सीमित करने की थी, लेकिन प्रमुख शक्तियों द्वारा पहले से एकत्र हथियारों को कम करने की नहीं। इसी राजनैतिक वातावरण के चलते भारत की सरकार ने गुमनामी से बाहर निकलकर, अपने परमाणु हथियारों का परीक्षण करने का निर्णय किया।

मई, 1998 में पूर्ण गोपनीयता के बीच भारत ने, अपने पहले परमाणु परीक्षण के 24 वर्ष बाद, पोखरण में उसी स्थल पर अपनी परमाणु युक्तियों का परीक्षण किया। भारतीय परीक्षणों के जवाब में पाकिस्तान ने चग़ाई पहाड़ी पर अपनी नाभिकीय युक्तियों का परीक्षण किया। इन परीक्षणों ने उप-महाद्वीप में नाभिकीय हथियारों की होड़ का ख़तरा पैदा कर दिया।

पोखरण-II की सफलता के साथ ही, डॉ. कलाम अनेक भारतीयों के लिए आदर्श नायक बन गए। नवंबर, 1999 से नवंबर, 2001 तक वे भारत सरकार के मुख्य वैज्ञानिक सलाहकार के पद पर रहे। यह पद केंद्र सरकार में कैबिनेट मंत्री के दर्ज़े का है। वे अनेक विकासात्मक अनुप्रयोगों के लिए नीतियाँ, रणनीतियाँ और अभियानों को आकार देने के लिए ज़िम्मेदार थे। टेक्नोलॉजी सूचना, भविष्यवाणी एवं मूल्यांकन परिषद (टेक्नोलॉजी इन्फ़ॉर्मेशन, फ़ोरकास्टिंग एंड असेसमेंट काउंसिल- टी.आई.एफ़.ए.सी.) के अध्यक्ष के रूप में उन्होंने 'टेक्नोलॉजी विज़न-2020' का निरूपण किया। यह इस रूपरेखा पर तैयार किया गया दस्तावेज़ है कि वे इस बात का विश्वास करते हैं कि इसके आधार पर भारत अपनी विकासशील देश की स्थिति से ऊपर उठकर, विकसित देशों की क़तार में आ जाएगा।

डॉ. कलाम को पूर्व में, 1981 में पद्मभूषण, 1990 में पद्मविभूषण पुरस्कार प्राप्त हो चुके थे और 1997 में उन्हें भारत का सर्वोच्च नागरिक सम्मान 'भारत-विज्ञान' दिया गया।

2001 के आख़िरी दिनों में, डॉ. कलाम शैक्षिक जगत में वापस लौटे। उन्होंने अन्ना विश्वविद्यालय चेन्नई में 'टेक्नोलॉजी एवं सामाजिक रूपांतर' के प्रोफ़ेसर के रूप में पद ग्रहण किया।

2002 में उन्हें सत्तादल पार्टी ने भारतीय गणतंत्र के राष्ट्रपति पद का उम्मीदवार बनाया। यह उनकी लोकप्रियता का ही प्रमाण है कि नाम-मात्र के मत-विरोध के साथ, वे लगभग निर्विरोध चुनाव जीत गए। 25 जुलाई, 2002 को डॉ. कलाम ने भारत के गयारहवें राष्ट्रपति के रूप में शपथ ग्रहण की।

शख़्सियतें, जो लेखक के ज़ेहन में बसीं

ब्रह्म प्रकाश (निधन 1984) : भारतीय विज्ञान संस्थान में धातुकर्म विभाग के पहले भारतीय विभागाध्यक्ष। उन्होंने कई प्रकार की परमाणु श्रेणी की धातुओं के निष्कर्ष तथा सम्मिश्रण की टेक्नोलॉजी विकसित की। आगे चलकर डॉ. ब्रह्म प्रकाश विक्रम साराभाई अंतरिक्ष केंद्र के पहले निदेशक बने, जिसने एस.एल.वी.-3 के प्रक्षेपण की निगरानी की। भारतीय अंतरिक्ष वैज्ञानिक समुदाय को, भू-समकालिक उपग्रह प्रक्षेपण यान (जी.एस.एल.वी.) उन्हीं की देन है।

होमी जहाँगीर भाभा (1909-1966) : भारतीय परमाणु ऊर्जा कार्यक्रम के शिल्पकार माने जाते हैं। उन्होंने मुंबई में टाटा इंस्टीट्यूट ऑफ़ फ़ंडामेंटल रिसर्च (टी.आई.एफ.आर.) की स्थापना की, जो शुरुआती सालों में परमाणु ऊर्जा कार्यक्रम का केंद्र-बिंदु बना। 1954 में, उन्होंने ट्रॉम्बे में भाभा एटॉमिक रिसर्च सेंटर (बी.ए.आर.सी.) की स्थापना की। वे भारत सरकार के परमाणु विभाग के पहले सचिव भी रहे।

आर. वेंकटरमन (1910-2006) : श्रीमती इंदिरा गाँधी के केंद्रीय मंत्रि-मंडल में रक्षा-मंत्री के रूप में कार्य किया। वे अगस्त, 1984 में भारत के उप-राष्ट्रपति तथा जुलाई, 1987 में भारत के आठवें राष्ट्रपति बने।

राजा रामन्ना (1925-2004) : भारत में नाभिकीय भौतिकी के सूत्रधार। प्रो. रामन्ना ने भाभा एटॉमिक रिसर्च सेंटर के निदेशक, भारतीय परमाणु ऊर्जा आयोग के अध्यक्ष और परमाणु ऊर्जा विभाग में सचिव के पद पर कार्य किया। 1974 में जब उन्होंने पोखरण में भारत का पहला परीक्षण संचालित किया, तो प्रधानमंत्री श्रीमती इंदिरा गाँधी को कूट-संदेश भेजा 'द बुद्धा इज़ स्माइलिंग'। बाद में वे रक्षा-मंत्रालय के वैज्ञानिक सलाहकार और 1990 में केंद्र सरकार में रक्षा राज्यमंत्री भी रहे।

सतीश धवन (1920-2002) : भारत में अंतरिक्ष कार्यक्रम के संस्थापक डॉ. विक्रम साराभाई के निधन के बाद, अंतरिक्ष कार्यक्रम के प्रमुख, प्रो. धवन 42 वर्ष की उम्र में भारतीय विज्ञान संस्थान के सबसे कम उम्र के निदेशक बने। देश की पहली सुपर सोनिक वायु-सुरंगों का निर्माण उन्हीं की देखरेख में हुआ। वे अंतरिक्ष आयोग और भारतीय विज्ञान अकादमी के अध्यक्ष भी रहे। उनके निधन के बाद 2002 में श्री हरिकोटा प्रक्षेपण केंद्र का दोबारा नामकरण सतीश धवन अंतरिक्ष केंद्र किया गया।

टीपू सुल्तान (1753-99) : मैसूर रियासत के सुल्तान 1782 से अपनी शहादत तक। उन्होंने ब्रिटिश ईस्ट इंडिया कंपनी की सेनाओं के ख़िलाफ़ चार बड़े युद्ध लड़े। चौथे युद्ध में वे शहीद हो गए और उनके राज्य पर कंपनी का क़ब्ज़ा हो गया। सैनिक साज़ो-सामान के क्षेत्र में टीपू सुल्तान ने एक यह उल्लेखनीय बढ़त हासिल की थी कि उन्होंने दुनिया में पहली बार युद्ध के मैदान में रॉकेट का इस्तेमाल किया। उनकी सेना में बाक़ायदा एक रॉकेट ब्रिगेड हुआ करती थी।

विक्रम साराभाई (1919-71) : उद्योगपतियों के एक समृद्ध परिवार में जन्म हुआ। एक शोध छात्र के रूप में उन्होंने इंडियन इंस्टीट्यूट ऑफ़ साइंस में नोबल पुरस्कार विजेता सर सी.वी. रमन के अधीन कार्य किया। 1947 में अहमदाबाद में फिजिकल रिसर्च लैबोरेटरी की स्थापना में उनकी प्रमुख भूमिका रही। श्री होमी जहाँगीर भाभा के सक्रिय सहयोग से डॉ. साराभाई ने थुम्बा में भारत का पहला रॉकेट प्रक्षेपण केंद्र (टी.ई.आर.एल.एस.) स्थापित किया। डॉ. विक्रम साराभाई आम आदमी के हित में विज्ञान के व्यावहारिक अनुप्रयोगों में विश्वास करते थे- मसलन, संचार-विकास, मौसम-विज्ञान, दूर-संवेदन एवं शिक्षा। स्वदेशी टेक्नोलॉजी से निर्मित पहले भारतीय उपग्रह का प्रक्षेपण कर उन्होंने भारत के अंतरिक्ष कार्यक्रम की शुरुआत की। उनके निधन के बाद टी.ई.आर.एल.एस. का नाम बदलकर विक्रम साराभाई स्पेस सेंटर कर दिया गया।

वर्नहर फ़ॉन ब्रॉन (1912-77) : दुनिया के सबसे महत्वपूर्ण रॉकेट-वैज्ञानिकों और अंतरिक्ष अभियानों के धुरंधरों में से एक थे। द्वितीय विश्व-युद्ध में उन्होंने

नाज़ियों के लिए वी.-2 युद्धक मिसाइल का विकास किया। दूसरे विश्व-युद्ध के बाद पंद्रह वर्ष तक फ़ॉन ब्रॉन के सं.रा. अमेरिका के लिए युद्धक मिसाइलों का विकास किया। वे 1960 में प्रक्षेपित 'सैटर्न-पाँच' प्रक्षेपण यान के प्रमुख शिल्पी थे, यह वही सुपर-बूस्टर था, जिसने मनुष्य को अंततः चंद्रमा पर पहुँचा दिया।

अनुवाद में प्रयुक्त अँग्रेज़ी शब्द

एयरो डायनैमिक्स : वायु–गतिकी, वायु और उसमें गति कर रहे ठोस–पिंडों का अध्ययन करने वाली विज्ञान की शाखा।

एयरोनॉटिक्स : वायुयान विज्ञान।

बैलिस्टिक मिसाइल : युद्धक मिसाइल, जो एक ऊँचे, घुमावदार पथ पर चलती है। इसे लक्ष्य के ठीक ऊपर तक पहुँचने के लिए ऊर्जा तथा पूर्व दिशा–निर्देश दिए जाते हैं, वहाँ से यह गुरुत्व–बल से नीचे गिरकर लक्ष्य पर प्रहार करती है।

ब्लॉक हाउस : कांक्रीट निर्मित छायादार स्थान, जिसे इंजीनियरिंग संस्थानों में, निर्मित कलपुर्ज़ों, मशीनों अथवा खंडों के सूक्ष्म अवलोकन एवं निरीक्षण के लिए इस्तेमाल किया जाता है।

इलेक्ट्रो–ऑप्टिकल : विद्युत क्षेत्र के दायरे में प्रकाश की प्रकृति पर पड़ने वाला प्रभाव एवं इसके कारण वहाँ मौजूद पदार्थों में दिखाई देने वाला चमकीला प्रभाव।

हॉवरक्राफ़्ट : भूमि तथा जलीय सतहों से कुछ ऊँचाई पर मँडराने वाला विमान, जो नीचे की ओर हवा के विस्फोट द्वारा विमान और भूमि अथवा जलीय–सतह के बीच उत्पन्न वायु की गद्दे जैसी मोटी तह के कारण नीचे नहीं गिरता।

मैक : किसी पिंड की गति एवं ध्वनि की गति के बीच का अनुपात, आमतौर पर छोटे अंकों में व्यक्त, यथा 2 मैक– अर्थात् ध्वनि की गति से दोगुनी गति।

मिसाइल : रॉकेट का हथियार रूप। जो या तो सीधे लक्ष्य की ओर दाग़ी जाती

है अथवा दूर-नियंत्रण (रिमोट-कंट्रोल) द्वारा निर्देशित होकर लक्ष्य को भेदती है। यह अपने साथ पारंपरिक अथवा नाभिकीय या रासायनिक विस्फोटकों को ले जाती है।

पे-लोड : यान के वज़न का वह भाग, जो अभीष्ट उद्देश्य की पूर्ति हेतु होता है, यथा- (अ) किसी मिसाइल अथवा वायुयान द्वारा ले जाने वाली विस्फोटक युद्ध सामग्री (ब) किसी अंतरिक्ष-यान द्वारा ले जा सकने वाले लोग, उपकरणों अथवा उपग्रह का कुल-भार।

राडार : एक खोजी प्रणाली, जो किसी वायुयान और अन्य वस्तुओं की मौजूदगी, दिशा एवं गति का पता उच्च आवृत्ति की विद्युत चुंबकीय तरंगों के स्पंदन भेजकर लगाती है, जो उस चीज़ से परावर्तित होकर अपने स्रोत पर वापस (रेडियो पहचान और क्षेत्र-निर्धारण से) आती है।

रिमोट-सेंसिंग : दूर-संवेदन उपग्रह तथा अधिक ऊँचाई पर उड़ने वाले यानों द्वारा पृथ्वी का अवलोकन कर जानकारियाँ एकत्रित की जाती हैं।

रिवर्स-इंजीनियरिंग : किसी अन्य उत्पादक के उत्पादन का उसके पुर्ज़े अथवा तत्व-संजोयन के रचना-क्रम का विस्तृत परीक्षण द्वारा पुनः निर्माण करना, सामान्यतः टेक्नोलॉजी के अभाव में, नक़ल या चोरी करना।

रन-वे : वायुयान को ज़मीन से ऊपर उठने के लिए आवश्यक गति प्रदान करने, विशेष रूप से डिज़ाइन की गई सड़कनुमा पट्टियाँ।

स्कड : तत्कालीन सोवियत संघ रूस द्वारा विकसित, कम दूरी की सतह से सतह पर मार करने वाली युद्धक मिसाइल, नामानुरूप, लक्ष्य के निकट पहुँचकर अचानक प्रकट होने वाली।

विंड-टनल : सुरंगनुमा निर्माण, जिनमें ज्ञात वेग की हवाएँ कृत्रिम रूप से पैदा की जाती हैं (मिसाइल, उपग्रह आदि पर हवाओं के प्रभाव के अध्ययन में प्रयुक्त)।